3
7
6
5

DIE KÜSTENWÖLFE

André F. Nebe

Die geheime Insel in der Ostsee

Band 4 der Küstenwölfe-Reihe

Illustrationen: Sabrina Pohle

Biber & Butzemann

MIX
Papier aus verantwortungsvollen Quellen
FSC® C023164
www.fsc.org

Klimaneutral
Druckprodukt
ClimatePartner.com/14701-2006-1001

Gewidmet meinem Papa.
André F. Nebe

Besuchen Sie uns im Internet unter
www.biber-butzemann.de
oder auf Facebook unter
www.facebook.com/biberundbutzemann

© Kinderbuchverlag Biber & Butzemann
Geschwister-Scholl-Str. 7
15566 Schöneiche

1. Auflage, 2022

Bibliografische Information der Deutschen Nationalbibliothek
Die Deutsche Nationalbibliothek verzeichnet diese Publikation in der Deutschen Nationalbibliografie; detaillierte bibliografische Daten sind im Internet unter http://dnb.ddb.de abrufbar.

Text und Idee: André F. Nebe
Illustrationen: Sabrina Pohle
Cover, Layout und Satz: Mike Hopf
Lektorat: Steffi Bieber-Geske, Juliane Jacobsen
Lektoratsassistenz: Kati Bieber, Martina Bieber, Friederike Rademacher
Korrektorat: Carola Jürchott
Druck- und Bindearbeiten: Longo SPA | AG, Bozen
ISBN: 978-3-95916-091-9

Inhalt

	Steckbriefe	5
1	Erwachen	9
2	Die Münze	11
3	Ein verhängnisvoller Kuss	17
4	Die Jagd beginnt	24
5	Die Warnung	34
6	Die Karte	40
7	Leinen los!	49
8	Eine Fata Morgana	54
9	Das Geisterschiff	63
10	Gefangen	70
11	Die Königin	76
12	Gefahr im Dschungel	83
13	Das Geheimnis der Moringas	93
14	Der Verrat	105
15	Die Flucht nach Libera	114

Steckbriefe

Lukas

ist ein Großstadtkind mit einer Schwäche für die Berge. Das Meer hat er bisher gemieden. Doch die temperamentvolle Anna lockt ihn aus der Reserve und so entdeckt er sein Talent fürs Segeln. Dass er damit sowohl gefährliche Abenteuer bestehen als auch buchstäblich neue Welten entdecken wird, erfährt er bald.

Anna

ist draufgängerisch, Fechtmeisterin und schnell auf 180. Sie kennt jede Bucht und jeden Kahn auf Usedom. Mit Lukas gerät sie schnell mal aneinander, aber zusammen sind sie ein unschlagbares Team und manchmal auch unzertrennlich …

Lisa

ist Annas jüngere Schwester, eher vorsichtig und kann gut zeichnen. Wo Anna schon mal die Stimmung hochkochen lässt, glättet sie die Wogen. Seit der Ankunft von Lukas gerät sie plötzlich in ein Abenteuer nach dem anderen und ist ganz schön gefordert.

Finn

ist ebenfalls auf Usedom groß geworden und geht mit Anna und Lisa zur Schule. Er wirkt schmächtig, ist aber kräftig. Finn hat in seinem Zimmer unter dem Dach ein Teleskop zum Beobachten des Sternenhimmels und des Meeres. Er ist sehr erfinderisch und kennt sich mit hilfreichen Werkzeugen aus.

Knut Bansin

betreibt auf Usedom einen maritimen Trödelladen, in dem es allerhand Rätselhaftes zu entdecken gibt. In seiner Jugend gehörte er mit Opa Witt ebenfalls zu einer Bande, die Verbrechern das Handwerk legte. Knut unterstützt die Küstenwölfe daher, wo immer er kann.

Opa Witt

ist ein alter Seebär und der Mann von Annas und Lisas Oma. Er liebt seinen alten Fischerkahn, mit dem er den Küstenwölfen immer wieder mal hilft. Oft ist er es aber, der gerettet werden muss.

Sara

ist listig, eigensinnig und kann gut taktisch-spontan handeln. Als Tochter von Enneke und Stine hält sie die Küstenwölfe lange für Feinde. Allerdings ist sie heimlich ein bisschen in Lukas verknallt (was sie nie zugeben würde) und hilft ihm daher manchmal.

Thomo

ist ein Spaßvogel und macht gerne bei jedem Mist mit, der verboten ist: Einbrechen, Stibitzen, Tricksen. Er findet die Küstenwölfe eigentlich ganz in Ordnung, vor allem Anna. Trotzdem fühlt er sich als Vitalier wohl und spielt gern den „harten Piraten".

Enneke Michels

ist bekannt als „Der Schwarze Korsar" und Nachfahre des Vitalienbruders Gödeke Michels, eines Gefährten von Klaus Störtebeker. Er trägt fast ausschließlich Piratenkluft und ist in der Wahl seiner Mittel nicht zimperlich, um „das Geheimnis" zu bewahren.

Stine

ist die Frau von Enneke, führt jedoch ein eigenes Schiff, größer als das ihres Mannes, und hat auch eine eigene Mannschaft. Sie ist nicht weniger entschlossen als er, wenn es um die Vitalier und ihr Geheimnis geht, aber versöhnlicher.

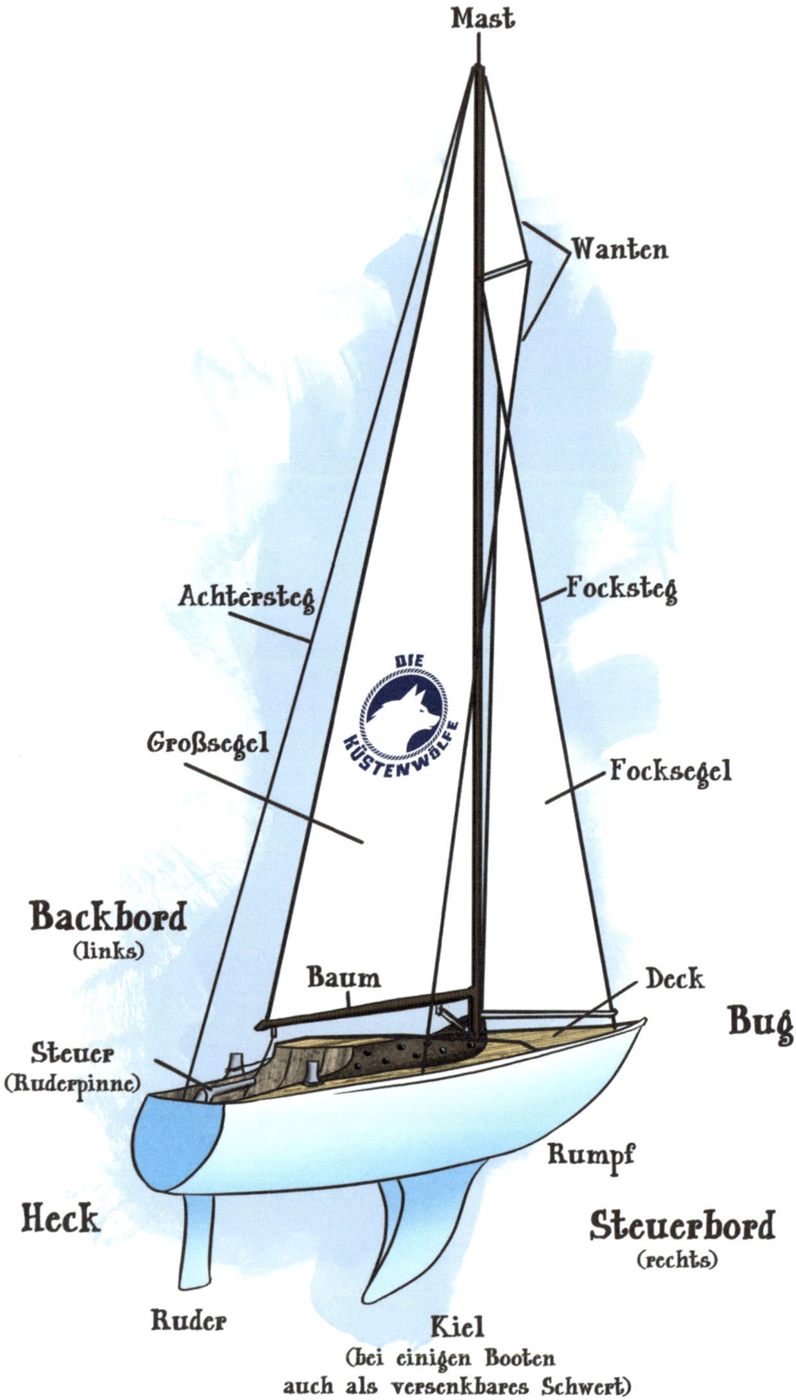
Mast
Wanten
Achtersteg
Focksteg
DIE KÜSTENWÖLFE
Großsegel
Focksegel
Backbord
(links)
Baum
Deck
Bug
Steuer
(Ruderpinne)
Rumpf
Heck
Steuerbord
(rechts)
Ruder
Kiel
(bei einigen Booten
auch als versenkbares Schwert)

1

Erwachen

Palmen. Überall. Der ganze Strand war voll davon. An der Ostseeküste gab es nirgendwo Palmen. Wo zum Teufel war er hier gestrandet? Sand knirschte zwischen seinen Zähnen, war in seiner Nase, rieselte aus seinen Haaren. Auf dem Boden liegend, suchte er den Strand zu seiner Rechten ab. Der Sand war weiß, wie er ihn noch nirgends gesehen hatte, das Licht der Sonne unnatürlich hell. Das Wasser, das so harmlos in sanften Wellen auf den Strand schwappte, war fast schon warm. War er im Himmel? War er im Sturm umgekommen und nun im Paradies? Ein merkwürdiges Schnattern war zu hören.

Lukas versuchte, seinen Kopf zu drehen. Er hustete Sand, und ein spitzer Schmerz durchzuckte seinen Nacken. Hatte er einen Schlag abbekommen? Mit Mühe sah er hinter sich zum Meer. Waren das Delfine? Er kniff die Augen zusammen und starrte auf das Wasser. Ob das seine Retter waren? Er versuchte, sich mit den Händen vom Boden hochzudrücken, sank aber gleich wieder hinab. Alles tat ihm weh.

Ein kleiner Krebs, vielleicht so groß wie ein Tischtennisball, krabbelte vor Lukas' Gesicht entlang, berührte mit einem seiner Fühler kurz dessen Nasenspitze, als wollte er testen, ob der Junge noch lebte, und zog dann desinteressiert weiter.

Lukas folgte dem kleinen Krebs mit seinem Blick, biss die Zähne zusammen, um den Schmerz zu unterdrücken, und wandte den Kopf ächzend auf die andere Seite.

Das Erste, was er sah, waren die Schiffe im Sand. Es mussten Dutzende sein. Viele waren alt, wie aus vergangenen Jahrhunderten, andere waren nur

noch verfallene Wracks, die auf dem Sand lagen wie gestrandete Wale. Das Zweite, was er erblickte, war das Paar Stiefel vor ihm im Sand. Sein Blick wanderte nach oben, doch bevor er die Gestalt mit den zwei Säbeln am Gürtel, dem dichten schwarzen Bart und dem Dreispitz auf dem Kopf im Gegenlicht näher betrachten konnte, packte ihn eine Faust im Nacken und schleifte ihn über den Strand, als ob er nur ein nasser Lappen wäre.
Nein, das war nicht das Paradies. Das war eher die Hölle. Wie war er hier nur gelandet? Dabei hatte vor einer Woche alles so harmlos angefangen …

2

Die Münze

Als dieses goldglitzernde Etwas genau vor seinen Augen im Becken des fast leeren Freibades zu Boden sank, wusste Lukas noch nicht, dass damit Ereignisse in Gang gesetzt wurden, die alles verändern würden.

Was war das? Hatte jemand seinen Schlüssel verloren? Oder war das einer dieser Gummireifen, den die Kinder für das Schwimmabzeichen vom Beckenboden holen mussten? Lukas rückte seine Schwimmbrille zurecht, tauchte hinab und griff nach dem kleinen Gegenstand, der sich als Münze entpuppte. Im Licht der einfallenden Sonnenstrahlen funkelte diese, als ob sie eine geheime Nachricht aussandte. Als er am Beckenrand auftauchte, blickte er geradewegs in das Gesicht eines schönen Mädchens mit schwarzen Korkenzieherlocken.

„Ähm, äh, hast du das verloren?", stotterte er herum, weil es das Einzige war, das ihm einfiel, aber statt einer Antwort sah die Unbekannte ihn einfach nur spöttisch an.

„Lukas Sommer, erkennst du mich nicht? Du hast echt ́ne lange Leitung."

Das Mädchen schüttelte unwillig den Kopf, stand auf und verschwand in einer Hecke, als ob das der offizielle Ausgang des Freibades gewesen wäre. Irgendwie kam ihm das Mädchen jetzt doch bekannt vor, aber ihm wollte einfach nicht einfallen, woher. In der Hand hielt er immer noch die Münze wie ein abgelehntes Geschenk. Als er sie jetzt genauer betrachtete, erkannte er auf ihrer Vorderseite zwei Schiffe. Auf der Rückseite war der Umriss einer Insel eingeprägt. Dieser sah genauso aus wie der auf der Karte, die sie letztes Jahr auf dem geheimen Schiff entdeckt hatten. Das Schiff, das den gleichen Namen trug wie ihre Bande: Küstenwolf.

Ein Jahr war seit den Ereignissen auf Usedom vergangen. Ein langer Winter in seiner Heimatstadt Berlin lag hinter ihm, in dem er wenig bis gar nichts von den anderen gehört hatte. Weder seine Mit-Küstenwölfe noch die dubiosen Vitalier, die sich für Nachfahren der legendären Piratenbande von Klaus Störtebeker hielten, waren nach den letzten Sommerferien besonders mitteilsam gewesen. Anna hatte ihm gerade mal eine SMS geschrieben. Darin hatte sie ihm mitgeteilt, dass ihre Eltern, die auf Usedom eine Segelschule unterhielten, das Schiff mit den zwei Masten behalten durften und wieder richtig seetüchtig gemacht hatten. Im Sommer könne man bestimmt mal eine große Tour mit dem Küstenwolf machen. Kein Wort darüber, wie es ihr ging, ob sie mal telefonieren oder skypen sollten. Dabei hatte Lukas durchaus etliche Fragen.

Aber auch Annas Schwester Lisa war in den letzten elf Monaten nicht gerade eine Plaudertasche gewesen. Trotz der ganzen Abenteuer des letzten Sommers hatte Lukas daher das Gefühl, von seinen Freunden nicht nur örtlich getrennt zu sein. Hatte es noch Ärger gegeben, nachdem sie bei der Bergung des Schiffes die Steilküste vor der Halbinsel Fischland-Darß gestreift hatten? Der Küstenwolf war nämlich in einem höhlenartigen, verborgenen Hafen versteckt gewesen, über 500 Jahre konserviert im trockenen Ostseesand.

Und was war mit ihren Widersachern, den Vitaliern? Diese Bande, die von sich behauptete, Nachfahren der berüchtigten Vitalienbrüder aus dem 15. Jahrhundert zu sein, führte ein scheinbar harmloses Leben als Schauspieltruppe auf der Ostseeinsel Rügen. Dort wurden, Ironie der Geschichte, jedes Jahr für die Touristen die Störtebeker-Festspiele aufgeführt. Während alle Zuschauer das Spektakel als pure Unterhaltung genossen, nahmen die Vitalier ihre Kostüme, Säbel und überhaupt das ganze Piratengehabe sehr ernst.

Ihr Anführer, der Schwarze Korsar, konnte schon mal sehr ungemütlich werden, wenn er nicht bekam, was er wollte – zum Beispiel den Schatz, den die Küstenwölfe in den letzten Sommerferien vor ihm gefunden hatten. Seine Frau Stine war ebenfalls mit Vorsicht zu genießen. Die schöne Piratin führte

ein eigenes Schiff, einen Dreimaster mit doppelter Kanonenreihe. Tja, und die Kinder der beiden, Sara und Thomo, lebten die Piratentradition ebenso aus.
Und obwohl sie manchmal zusammengearbeitet hatten und Sara gerade ihm, Lukas, schon das eine oder andere Mal mit einem wertvollen Hinweis geholfen hatte, bestand trotzdem so etwas wie eine Konkurrenz zwischen den Küstenwölfen und den Vitaliern. Während die Küstenwölfe eine Gruppe Jugendlicher waren, die laut einer alten Prophezeiung Bösewichtern an der Küste das Handwerk legen sollten, waren die Vitalier einfach nur stolz auf ihr Piraten-Erbe.
Und hinter irgendetwas waren sie her. Weder um den Schatz noch um das geheime Schiff schien es ihnen zu gehen. Lukas und Anna hatten den Verdacht, dass es bei allem um etwas weitaus Größeres ging als um ein paar Goldmünzen oder einen alten Zweimaster.
Doch worum? Weder Lisa noch Anna oder Finn, der Vierte im Bunde, hatten darauf eine Antwort. Finn mit seiner strohblonden Mähne schien sich sowieso eher für gutes Essen und Sterne zu interessieren. Stundenlang konnte er nachts in seinem Dachzimmer über der Korbflechterei seiner Eltern sitzen und mit seinem Fernglas den Himmel absuchen.
Lisa zeichnete lieber ihre Fundstücke vom Strand und drehte dabei versonnen ihre blonden Locken. Anna interessierte sich in Lukas' Augen etwas zu sehr für Thomo, obwohl sie das jedes Mal lebhaft bestritt, denn der gehörte ja zu den Vitaliern. Im Gegenzug verdächtigte Anna Lukas, dass er mit Sara was am Laufen habe, was der wiederum entrüstet von sich wies.
Und an diesem Punkt der langen Gedankenkette wusste Lukas plötzlich, wer die Unbekannte vom Beckenrand gewesen war, die so pikiert in der Hecke verschwunden war.
Mit einem Satz war er aus dem Wasser und lief ihr triefend hinterher. Hinter den Büschen schloss sich die große Liegewiese an. Niemand war um diese Uhrzeit hier. Niemand, bis auf das Mädchen, das jetzt über den Zaun des Freibads kletterte.

„Sara? Warte!“, rief Lukas und sprintete tropfend über den Rasen. Mit nassen Füßen war das gar nicht so einfach.

„Was soll das mit der Münze?“ Doch Sara schien das Interesse an einem Gespräch verloren zu haben. Gekonnt zog sie sich am Pfosten des Maschendrahtzaunes in die Höhe und schwang gerade ein Bein über die Abzäunung, als Lukas ausrutschte und mit vollem Karacho in die Maschen donnerte. Sara verlor den Halt und landete rittlings auf ihm.

„Mann, du bist ja voll nass!“, schrie sie auf und wollte aufstehen, doch Lukas hielt sie fest.

„Das ist doch nur Wasser oder glaubst du, ich mach mir gleich ins Höschen, weil du hier auftauchst?“

„Kleine Jungs machen sich doch öfter mal ins Hemd, oder?“, lachte Sara und Lukas merkte, warum er sie nicht gleich erkannt hatte: Ein Jahr. Sie hatten sich verändert. Sara war irgendwie reifer geworden. Nicht erwachsen, aber auch nicht mehr so mädchenhaft.

„Lässt du mich jetzt los? Sieht ein bisschen zweideutig aus, wie wir hier liegen.“ Lukas löste den Griff, und etwas verlegen rappelten sie sich beide auf.

„Na schön, jetzt erzähl mal, was du hier machst. Ein Jahr lang höre ich nichts von dir, und dann tauchst du plötzlich hier auf. Und was soll ich mit dieser ollen Münze hier?“

„Viele Fragen, Lukas Sommer, und ich hab leider nicht die Zeit, sie dir alle zu beantworten. Ich wollte nur einmal ‚Hallo‘ sagen oder vielmehr ‚Auf Wiedersehen‘.“

„Und dafür kommst du den ganzen Weg von Usedom hierher?"
„Genauer gesagt von Rügen, wo unsere Schiffe liegen, wie du ja vielleicht noch weißt."
„Und wieso ‚Auf Wiedersehen'? Das klingt irgendwie so dramatisch nach Ende", fragte Lukas und konnte nicht verhindern, dass seine Stimme sich etwas nach oben schraubte.
Sara wiegte den Kopf. „Vielleicht. Das liegt an dir. Ich dürfte eigentlich gar nicht hier sein. Aber da hinten kommt jemand, der dir helfen kann", sagte sie.
„Wer soll denn da kommen, der …?", aber weiter kam Lukas nicht, denn Sara trat plötzlich auf ihn zu, packte ihn am Nacken und gab ihm einen Kuss. Keinen harmlosen, sondern einen richtigen mit allem Drum und Dran.
„Das sollten wir viel öfter machen", meinte sie grinsend, nachdem sie sich von ihm gelöst hatte.
„Lukas?", rief eine Stimme von Weitem, die er nur zu gut kannte, und es passte ihm wirklich überhaupt nicht, aber so richtig komplett nicht, dass gerade diese Person hier auftauchte.
„Jetzt weiß ich ja, warum du morgens immer ins Freibad gehst", lachte sein Vater. ‚Was macht der denn hier?', fragte sich Lukas. Sein Vater ging nie schwimmen. Er spielte Tennis, wobei das auch schon ein Widerspruch war, denn als Risikomanager für eine Versicherung wurde er nicht müde, jedem ungefragt mitzuteilen, wo überall Gefahren lauerten. Dass man sich beim Tennis, anders als beim Schwimmen, an allen möglichen Körperstellen verletzen konnte, schien ihn dabei nicht zu stören.
Mann, war das peinlich jetzt. Früher hätte ihn so eine Überraschungsaktion nicht so gestört, aber jetzt mit Sara war das anders.
Komplizenhaft boxte ihn sein Vater an die Schulter, als er ihn erreicht hatte. Dabei fiel Lukas die Münze aus der Hand in den Rasen.
„Hier, Sportsfreund", sagte sein Vater, zeigte auf den Boden und bückte sich, „du hast was verloren. Dachte, ich geh auch mal morgens schwimmen. Was ist denn das?"

„Das hat mir Sara …", begann Lukas, aber dort, wo Sara eben noch gestanden hatte, war nur noch eine leere Grasfläche. Sie war verschwunden. Dabei spürte er immer noch ihren Kuss. Typisch Vitalier: Großer Auftritt und feiger Abgang. Und das alles, weil sein Vater so eine spontane Blitzidee hatte. Super.

„Ist doch egal", antwortete er gereizt. „Irgend so eine Münze halt, die …", wollte er erklären, dabei hatte er ja selbst keine Ahnung.

Mit einer unwirschen Handbewegung, wie Lukas sie gar nicht von seinem Vater kannte, unterbrach ihn dieser. „Ich kenne diese Münze", sagte er ernst. „So eine hat mir mein Vater geschenkt, also dein Großvater, bevor er verschwand."

Für einen Moment beschlich Lukas eine Ahnung, dass hier etwas sehr Merkwürdiges im Gange war und Sara wesentlich mehr wusste, als sie ihm verraten hatte. Aber dann brummte das Handy seines Vaters.

„Oh, der Herr ist heute ja sehr beliebt bei den Damen", witzelte sein Vater, nachdem er kurz auf sein Display geschaut hatte. „Nachricht von Anna, die sich beschwert, dass du nicht an dein Handy gehst."

„Von Anna?" Lukas konnte es kaum glauben. Ein Jahr lang meldete sich kein Schwein und jetzt alle auf einmal.

„Wir machen übermorgen eine Segeltour mit dem Küstenwolf von Usedom bis Kiel. Bist du dabei?" 09:30 ✓

3

Ein verhängnisvoller Kuss

Es war kurz nach 4.30 Uhr morgens. Der Wind blies sanft, und Anna saß auf den Dünen, als genau in diesem Moment die Sonne im Meer auftauchte wie eine Orange hinter einem Vorhang. Ein Anblick, den Anna sich im Sommer ein paar Mal gönnte, auch wenn sie dafür früh aufstehen musste. Zu sehen, wie der Tag so begann, machte sie irgendwie glücklich. Tag und Nacht, Sonnenauf- und Sonnenuntergang: der ewige Kreislauf. Ein ständiger Wechsel zwischen zwei Extremen. Wie im Leben. Auf gute Zeiten folgten schlechte und umgekehrt.

Aber jetzt zählten nur die Sonnenstrahlen, die vom Horizont her über das Meer zu ihr vordrangen und ihr das Gesicht wärmten. In wenigen Stunden würden die ersten Strandurlauber hier ihre Strandkörbe aufschließen, Decken ausbreiten, für die Kinder das Spielzeug aus den Bollerwagen laden, mit Hämmern Windschutzplanen in den Sand schlagen, und Glockengebimmel würde die Eisverkäufer ankündigen, die mit ihren Elektrofahrzeugen den ganzen Tag den Strand auf- und abfuhren.

Noch aber war es ruhig, und Anna genoss diese spezielle Zeit. Selig döste sie vor sich hin, als sie plötzlich aus den Augenwinkeln eine Bewegung wahrnahm. Sie kniff die Augen zusammen. Ein kleines Beiboot machte am Strand fest. Zwei Gestalten blieben beim Boot, und zwei verschwanden in den Dünen.

Beiboot? Dann musste auch irgendwo das Mutterschiff sein. Anna ärgerte sich, dass sie kein Fernglas dabeihatte wie sonst. Sie suchte angestrengt das Meer ab und zuckte zusammen. In einiger Entfernung machte sie mindestens zwei große Segelschiffe aus, und sie war sich sicher, es handelte sich dabei um den Schwarzen Korsaren und Stines Dreimaster. Die Vitalier waren also hier. Was hatten die hier vor?

Vorsichtig kroch sie auf allen vieren durch die Dünen und näherte sich der Stelle, an der das kleine Boot lag. Die Männer waren ihr unbekannt. Sie war sich sicher, dass sie nicht zur Mannschaft der Vitalier gehörten, auch wenn sie ebenfalls recht merkwürdige Sachen trugen. Als hätte jemand Kleidung wie vor dreihundert Jahren geschneidert.
Vom Land her schritt jetzt jemand durch den Sand auf die beiden zu und zog einen Bollerwagen hinter sich her. Anna verstand gar nichts mehr. Das war doch einer der Polizisten von Hein Feddersen, der die Strandwache leitete! Die Männer luden nun gemeinsam eine schwere Kiste aus dem Boot in den Bollerwagen, und dafür händigte ihnen der Polizist einen dicken Umschlag aus. Ein kurzer Händedruck folgte, dann stapfte der Polizist mit seinem Wagen

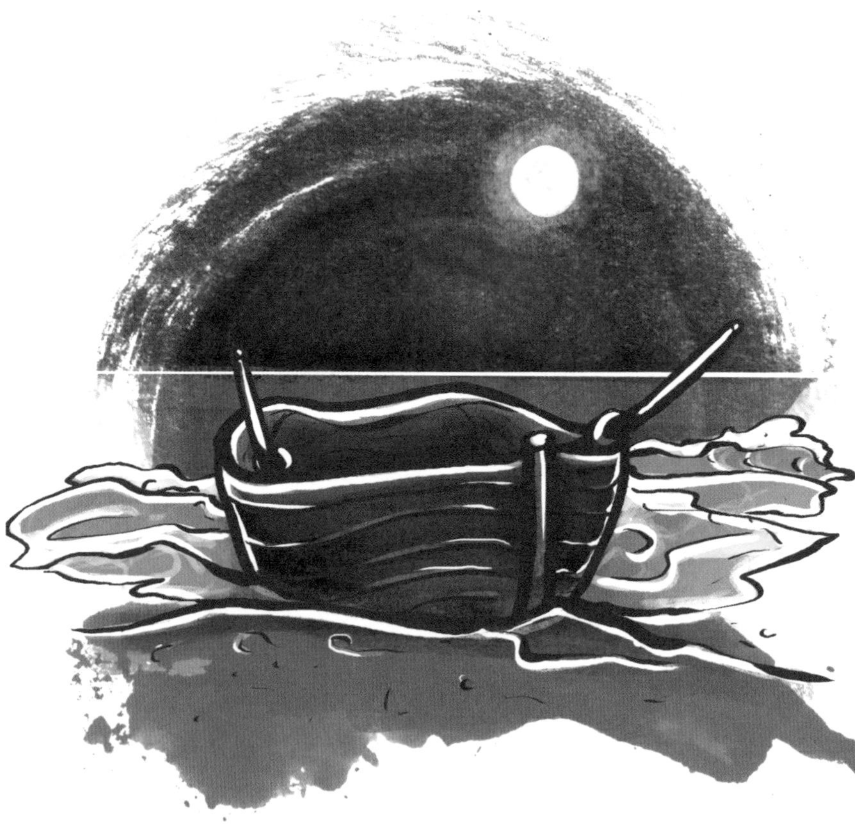

zurück und verschwand in den Dünen. Nur eine tiefe Rillenspur der Reifen im Sand kündete von seinem kurzen Aufenthalt.

Was ging hier vor?

Anna pirschte sich durch den Strandhafer auf die Höhe des Bootes heran. Nur Wortfetzen wehten zu ihr herüber: „Die Moringas … Südspitze … gefangen nehmen … Blackbeard bestechen …"

Was zum Teufel sollte das bedeuten? Sie war zu weit weg, um mehr zu verstehen. Gerade wollte sie sich noch ein Stück an der Dünenkante heranschleichen, als plötzlich etwas sehr Schweres auf ihrem Rücken landete. Etwas mit Händen, die ihr den Mund zuhielten.

„Keinen Mucks, Prinzessin. Die beiden Herren da unten verstehen wenig Spaß."

Anna erkannte die Stimme sofort. Geschickt wand sie sich aus dem Griff ihres Angreifers, packte sein Handgelenk und dreht es beherzt um. Thomo wollte schreien, doch diesmal hielt Anna ihm den Mund zu.

„Na, na, na, kleiner Prinz, schön die Klappe halten, sonst kommen die bösen Männer vom Strand."

„Du hadd ma wied nu Aanun, wa hi pass", mümmelte Thomo sie unter ihrer Hand mit schmerzverzerrtem Gesicht an.

„Wenn du mit drinsteckst, kann es nur Mist sein." Anna lockerte den Griff.

„Vielen Dank auch." Thomo rieb sich beleidigt das Handgelenk. „Dabei bin ich nur wegen dir noch mal hier."

Anna stutzte und konnte nichts dagegen tun, dass diese Worte bei ihr einen kurzen inneren Blitz auslösten. Thomo strich sich seine wilde Lockenmähne aus dem Gesicht, und seine braunen Augen blitzten sie belustigt an. Anna fühlte sich ertappt.

„Mir doch egal", antwortete sie patzig, aber es klang nicht sehr überzeugend.

„Glaub ich nicht."

„Doch."

„Na, umso besser, dann ist es ja nicht so schlimm, wenn wir uns nicht wiedersehen. Ich wollte mich nur verabschieden."

Wieder spürte Anna einen Stich in der Brust, versuchte sich aber zu beherrschen.
„Wieso verabschieden? Wohin fahrt ihr …?", fragte sie, und im selben Moment hatte sie eine Ahnung.
Thomo schüttelte den Kopf. „Ihr fahrt doch auch weg. Mit dem Küstenwolf. Bis nach Kiel, stimmt's?"
Anna wurde mulmig. Die Idee war gerade einmal einen Tag alt. Gestern hatte ihr Vater verkündet, das alte Schiff sei wieder flott und obendrein mit neuester Technik ausgestattet. Vollautomatisch steuerbare Segel und Navigation. Um richtig Werbung zu machen, sollte der Küstenwolf eine einwöchige Segeltour an der Ostseeküste von Usedom nach Kiel unternehmen. Opa Witt und der alte Knut würden auch mit dabei sein.
„Woher weißt du das?"
Thomo machte ein geheimnisvolles Gesicht.
„Spricht sich schnell rum so was. Und wenn man die richtigen Leute kennt …"
„Die richtigen Leute?", fragte Anna und zeigt auf die beiden Gestalten, die am Beiboot standen. „Meinst du die beiden Typen da in den Second-Hand-Klamotten vom Mittelaltermarkt?"
Thomo musste grinsen und rückte ein Stück näher an sie heran. „Weißt du, dein Problem war schon immer, dass du frech bist und keinen Respekt hast."
„Na, und dein Problem ist, dass du glaubst, jeden mit deinen Bambiaugen beeindrucken zu können." Anna rückte ebenfalls ein Stück näher an Thomo heran.
„Du schaust mir also in die Augen."
„Ja, das macht man so, wenn man miteinander spricht."
„Das ist genau unser Problem."
„Was?"
„Dass wir zu viel reden", sagte Thomo, und dann beugte er sich zu ihr und küsste sie einfach. Anna war so verdattert, dass sie im ersten Moment gar nicht begriff, was geschah. Aber es war unleugbar. Thomo Michels, der Vitalier,

küsste sie, und zwar sehr ungeniert und sehr intensiv. Und verdammt: Das fühlte sich richtig gut an. Ein warmer Strom schoss durch ihren Körper, und erst als sie nach einer gefühlten Ewigkeit voneinander abließen, merkte sie, dass sie mit beiden Händen in seinen dichten schwarzen Locken gewühlt hatte.
„Eine gute Alternative zum Reden", flüsterte sie.
„Schweigen ist Gold", antwortete Thomo und drückte ihr etwas kleines Hartes in die Hand.
„Wenn wir uns wiedersehen, kann dir das helfen."
Anna schaute auf die Münze mit dem Umriss einer Insel in ihrer Hand. Als sie aufblickte, war Thomo schon bei den beiden Männern, die das Boot losmachten. Typisch Vitalier: sich einfach aus dem Staub machen.

* * *

Anna ging zurück zu dem kleinen Hafen am Achterwasser, an dem ihre Eltern eine Segelschule betrieben. Im Morgenlicht der gerade aufgegangenen Sonne lagen die Reetdachhäuser idyllisch am Wasser. Das Schilf wiegte sich sachte im lauen Wind, und am Steg schaukelten die Segelschiffe der Schule. Anders als in Annas Innerem schien die Welt an diesem trägen Julimorgen vollkommen unberührt von amourösen Ereignissen zu sein. Sie wollte es sich nicht eingestehen, aber am liebsten wäre sie Thomo über den Strand hinterhergelaufen.
Dieser Kuss.
Verträumt setzte sie sich auf den Steg und spürte, wie hinter ihr die Sonne aufstieg und ihr den Rücken wärmte. Zwei Schwäne setzten zum Landeanflug auf dem Achterwasser an, eine Entenfamilie zog am Steg vorbei, und eigentlich hätte dieser idyllische Moment auch noch lange so weitergehen können, wenn sie nicht dieses Klappern gehört hätte, das vom Küstenwolf zu kommen schien. Das Schiff war nach seiner Entdeckung in den Sandklippen auf der Halbinsel Fischland-Darß zur Überraschung aller noch seetüchtig

gewesen, musste aber ein paar Auflagen erfüllen, damit sie es nutzen konnten.

Annas und Lisas Vater hatte das Schiff mit neuester Technik ausgestattet. Es war eine schöne Werbung für die Insel und die Segelschule, wenn sie nun mit dem historischen Segelschiff die Küste abfahren würden. Aber jetzt klapperte es ziemlich laut.

Langsam ging Anna auf die Gangway des Schiffes zu. „Hallo? Ist da jemand?“, rief sie, erhielt aber keine Antwort. Stattdessen schien das Klappern noch stärker zu werden. Anna schaute sich um. Entschlossen nahm sie einen Enterhaken in die Hand, der auf dem Steg lag. Besser als gar keine Waffe, sagte sie sich.

Vorsichtig schlich sie sich an Bord und schaute sich um. An Deck war nichts Außergewöhnliches zu sehen. Die Segel waren ordentlich eingerollt, wie es sich für ein Schiff im Hafen gehörte. Alle Taue waren penibel zu Schlangen und Bunschen gelegt. Das Klappern kam aus der Kapitänskajüte achterdecks.

Den Enterhaken im Anschlag, öffnete sie die Holztür, die sich seit ihrer Ausbesserung so geräuschlos öffnen ließ wie eine Kühlschranktür.

In der Kajüte standen ein paar alte Holzstühle um einen Tisch herum. Als Anna die Wände absuchte, fiel es ihr auf. Die Karte mit der Insel darauf war verschwunden! Hier hatte sie gehangen. Jetzt kündete nur noch ein leerer Rahmen von ihrer ehemaligen Existenz. Und das Klappern kam von einem der rückwärtigen Fenster her, das jemand offengelassen haben musste. Anna legte den Enterhaken ab und wollte das Fenster schließen, als ihr das Seil auffiel, das vom Fensterrahmen nach draußen und hinab ins Wasser reichte.

Anna hatte sofort einen Verdacht, wer die Karte gestohlen haben könnte. Und was sie noch viel mehr ärgerte: Sie glaubte auch zu wissen, wann diejenigen es getan hatten. Als sie abgelenkt und beschäftigt gewesen war. Mit Knutschen. So ein fieser Trick! Thomo verdrehte ihr den Kopf, damit einer der Vitalier – wahrscheinlich seine Schwester Sara – ihnen die Karte stehlen konnte. Und dann laberte er noch was von wegen Wiedersehen und gab ihr diese alberne Münze.

Plötzlich dröhnten schwere Schritte auf dem Steg. Anna hörte, wie die Entenfamilie aufgebracht flatternd ins Schilf floh. Jetzt war jemand auf der Gangway.
Anna griff sich den Enterhaken, öffnete die Tür der Kapitänskajüte und erschrak.
„Lukas? Was machst du denn hier?"
„Ähm, du hast mich eingeladen?"
„Eingeladen?"
„Die SMS an meinen Vater? Gestern Morgen? Der Segeltörn mit dem Küstenwolf?"
„Ich hab deinem Vater keine SMS geschrieben. Ich hab ja noch nicht einmal seine Nummer. Und was ..." Weiter kam sie nicht, denn Lukas ließ seinen Seesack fallen und zeigte auf den leeren Rahmen an der Wand.
„Wo ist die Karte?"
„Das hab ich mich auch gerade gefragt."
Lukas schüttelte den Kopf. Von draußen ertönte plötzlich ein Heulen. Beide stürmten zum offenen Fenster und sahen hinaus: Auf dem Steg saß der weiße Wolf, der ihnen öfter erschienen war, wenn Gefahr drohte oder sie Hilfe brauchten. Er schaute sie einen Moment lang an, und dann verschwand er.
„Wir haben ein Problem."
„Allerdings", bestätigte Anna und ahnte nicht, dass das erst der Anfang von vielen Problemen war, die noch kommen würden.

4

Die Jagd beginnt

Der grauhaarige Knut klopfte seine Pfeife aus, lehnte sich zurück und schloss die Augen. Sie hatten sich alle in seinem total verkramten Trödelladen getroffen. Zwischen Tauen, alten Seekarten, Harpunen, Ankern, unzähligen Netzen und einigen Schiffsschrauben hockten sie auf alten Rumfässern, Bojen oder – im Fall von Finn – auf einem Haufen zusammengelegter Segel, wo er mit seinem Multitool spielte, das er zu Weihnachten geschenkt bekommen hatte und seitdem ständig am Gürtel trug.

In diesem Laden gab es alles, was man auf See und dem Meeresgrund finden konnte oder was irgendwie mit Schiffen zu tun hatte. Lisa ging ihrer Lieblingsbeschäftigung nach und zeichnete. Vor ihr lagen die beiden Münzen, die einander glichen wie ein Ei dem anderen. Anna spielte nervös mit einer sogenannten Affenfaust, dem zu einem Ball geflochtenen Ende eines Taus. Lukas betrachtete die Kopie der Karte, die sie letzten Sommer an Bord des Küstenwolfes entdeckt hatten. Kein Zweifel: Die Insel auf den Münzen war die auf der Karte. Die Umrisse waren identisch.

„Fassen wir zusammen", sagte Knut ruhig. „Die Original-Karte ist weg und die Vitalier auch."

„Ich hab bei der Naturbühne Ralswiek auf Rügen angerufen. Die gesamte Schauspieltruppe ist auf den beiden Schiffen auf und davon. Vorher haben sie noch ordentlich die Vorräte im Schlosshotel geplündert. Die Störtebeker-Festspiele fallen wohl diesen Sommer aus", ergänzte Finn.

„Und wir haben hier zwei Münzen, auf denen die Insel unserer gestohlenen Karte zu sehen ist", sagte Lukas.

„Warum schenkt dir eigentlich Sara so eine Münze?", fragte Anna spitz.

„Warum schenkt dir eigentlich Thomo so eine Münze?", konterte Lukas.
Finn und Lisa tauschten einen genervten Blick aus. ‚Bitte nicht schon wieder', sagte dieser. „Leute, das ist doch egal. Mit der Karte können die Vitalier nichts anfangen!", sagte Finn und schnappte sich die Affenfaust von Anna.
Alle bis auf Knut starrten ihn ungläubig an.
„Schaut mal genau hin". Finn hielt sein Handy hoch, mit dem er letzten Sommer schlauerweise ein Foto der Karte gemacht hatte.
„Seht ihr auf der Karte irgendwelche Koordinaten? Breiten- oder Längengrade? Ich auch nicht. Und damit kann diese Insel überall und nirgends liegen. Selbst wenn was eingezeichnet wäre, wäre es ein altes Koordinatensystem von wer weiß wann. Dann irrt man auf dem Meer herum wie früher Kolumbus, weil man sich einfach mal um ein paar Tausend Seemeilen verschätzt hat. Außerdem haben wir keine Ahnung, ob die Vitalier sich wirklich zu dieser Insel aufgemacht haben, wo immer sie liegen mag."
„Aber warum stehlen die Vitalier dann überhaupt unsere Karte und fahren ohne Koordinaten los? Macht doch keinen Sinn, oder?", fragte Lukas.
„Hast du nicht erzählt, dein Großvater hatte auch so eine Münze?" Lisa hatte ihren Stift zur Seite gelegt.
„Hat mein Vater erzählt. Mein Opa war Bootsbauer in Kiel. Als Kind ist mein Vater immer mit ihm segeln gefahren. Eines Tages ist Opa nicht mehr wiedergekommen. Einfach so. Keiner weiß, was passiert ist. Da war ich vielleicht drei, kann mich kaum noch dran erinnern."
„Und hat dein Vater noch irgendwas erzählt? Irgendwas, was dein Opa sonst noch so gemacht hat? Oder hat er was hinterlassen?"
„Nee, nichts mehr, und ich wüsste auch nicht, was das mit der ganzen Sache hier zu tun haben sollte", antwortete Lukas. „Hier, so sah er aus. Das Bild hab ich abfotografiert. Ein richtiger Seebär." Lukas legte sein Handy auf die Karte. Ein stämmiger bärtiger Mann mit Kapitänsmütze war darauf zu sehen, der von einem Schreibtisch aufblickte, auf dem man eine Zeichnung für ein Segelboot sehen konnte.

Alle beugten sich nacheinander über das Handy, nickten oder brummten kurz und lehnten sich dann wieder zurück. Alle bis auf Anna, die auf einmal stutzte und das Handy an sich riss. „Krass."

„Naja", winkte Lukas ab. „Er sieht halt aus, wie man sich so einen Bootsbauer vorstellt, oder?"

„Das mein ich nicht. Ihr seid alle blinde Hühner." Anna legte das Handy in die Mitte des Tisches.

Alle beugten sich wie auf Kommando wieder nach vorn und betrachteten das Bild.

„Ihr seht es echt nicht?"

„Was soll denn da sein?", maulte Finn, als Anna ihm wieder die Affenfaust entriss.

„Sag ich gleich", antwortete Anna. „Aber erst noch eine Frage: Hat dein Vater dieses Foto irgendwem außer dir oder deiner Mutter gezeigt?"

Lukas zuckte mit den Achseln. „Glaub ich nicht. Ich hab das selbst erst letztes Jahr gesehen, nachdem wir den Küstenwolf entdeckt haben. Wisst ihr noch, wie wir alle auf den Schiffen zurück nach Usedom gefahren sind? Da war echt gute Stimmung. Und als wir da so zusammensaßen, hat mein Vater mir das Foto gezeigt. Er trägt es immer bei sich."

„Wer saß in eurer Nähe?"

„Keine Ahnung, vielleicht … Moment … Thomo hat ein Foto von uns gemacht, wie wir an Deck saßen …"

„Nein, nicht von euch, sondern davon!", korrigierte Anna und zeigte auf das Porträt von Lukas' Opa.

„Na, und? Was hat er davon?" Lukas wurde etwas ungehalten.

„Schaut euch mal das Foto genau an", seufzte Anna. „Wenn ihr es nicht seht, schaut ihr an der falschen Stelle. Ich meine nicht Lukas' Opa, sondern die Wand hinter ihm."

Langsam wanderte Lukas' Blick über das Foto, vorbei an seinem Großvater, und jetzt sah er es auch: Hinter dem Schreibtisch, an dem sein Opa vor dem Bauplan eines Segelbootes saß, befand sich eine Wand. Und an dieser Wand hingen Bilder. Bilder von Booten. Und dann hing da noch eine Karte. Eine Karte mit einer Insel wie die, die vor ihnen lag. Nur, dass auf dieser Karte eindeutig Koordinaten eingezeichnet waren.

Finn hielt nun allen sein Handy hin, auf dem eine digitale Seekarte mit allerlei Zeichen darauf zu sehen war. „Coole App. Da sieht man alle Schiffe mit Ortungssystem drauf. Und da die Vitalier ihre Schiffe beruflich nutzen, müssen sie sowas haben. Und hier", sagte er und zeigte auf zwei kleine Dreiecke, „dürften sich unsere Freunde gerade befinden."

„Wann haben sie Kiel erreicht?", fragte Lisa.

SEGELSCHULE

„Bald", brummte Knut nur.
„Ich glaube", sagte Lukas, „ihr wisst, was das bedeutet."
Anna nickte. „Alle Mann an Bord, und klar zum Ablegen!"

* * *

Der Bug teilte das Meer vor sich, und bei leichten Wellen spritzte es hinauf zu der Stelle, an der Anna am liebsten saß: ganz vorne, direkt über dem Wasser. Möwen begleiteten den Küstenwolf in der Hoffnung, eines der Besatzungsmitglieder würde etwas Essbares ins Meer werfen. Lukas saß in einem Haufen Taue neben dem Hauptmast und übte Knoten, während Lisa vom Steuerstand aus das Schiff zeichnete. Finn fachsimpelte mit Opa Witt und Knut über die Ruderanlage und den Stand der Segel, während er das Schiff steuerte. Annas Vater Peter sortierte in der Kapitänskajüte die eilig kopierten Werbeflyer für den Küstenwolf. Als Touristenattraktion plante er diesen Sommer Tagestrips mit dem historischen Schiff.

Sie waren vor drei Tagen frühmorgens bei Sonnenaufgang losgefahren. Ihr Vater hatte sich zwar darüber gewundert, warum auf einmal alles so schnell gehen sollte, aber nachdem Anna ihm erklärt hatte, dass es gut wäre, die Segeltour an der Ostseeküste zu machen, bevor in der Segelschule die Hauptsaison beginnen würde, war er schnell überzeugt gewesen. Bis Lübeck wollte er mitkommen und dann die vier mit Opa Witt und Knut allein weitersegeln lassen.

Das war allen ganz recht, denn ohne es verabredet zu haben, erwähnte keiner gegenüber Peter Hansen den wahren Grund ihrer Fahrt. Es hätte nur unnötige Diskussionen gegeben, wenn sie ihm erklärt hätten, dass sie die Vitalier verfolgten. Zwischen Anna, Lisa, Lukas, Finn und den Erwachsenen Knut und Opa Witt herrschte so etwas wie ein stilles Einverständnis. Das lag daran, dass der alte Witt und Knut in ihrer Jugend ebenfalls zu einer Bande von Küstenwölfen gehört hatten.

Nach einer alten Prophezeiung, die Knut in seinem Trödelladen auf einer Steintafel eingraviert aufbewahrte, brachte jede Generation eine Gruppe Teenager hervor, die den Ganoven an der Ostseeküste das Handwerk legte. Anna erinnerte sich noch genau, wie sie das erste Mal die Inschrift gelesen und alles für totalen Humbug gehalten hatte:

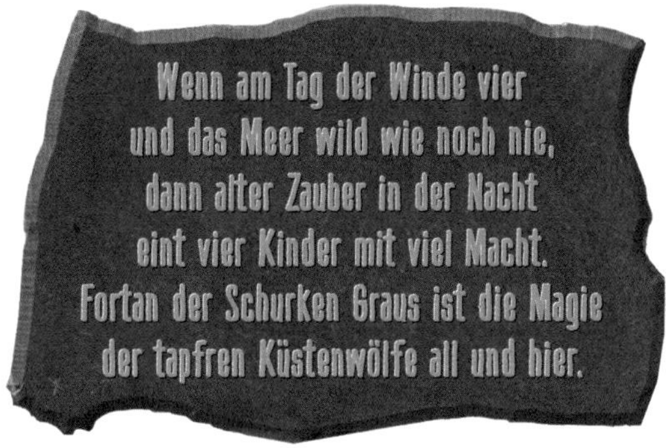

Mittlerweile musste sich Anna eingestehen, dass es zwischen Himmel und Ostsee wohl doch ein paar Dinge gab, die unerklärbar waren, teilweise sogar unglaublich klangen und trotzdem existierten. Dazu gehörten neben Prophezeiungen unter anderem Seeschlangen, Klabautermänner und Windknoten. Und neuerdings auch diese Karte mit der geheimnisvollen Insel darauf, die den Vitaliern so wichtig zu sein schien, dass sie alles stehen und liegen ließen und auf und davon segelten.

Die gestohlene Karte hatten sie durch eine Kopie ersetzt, um bei Peter keinen Verdacht zu erregen, und Knut hatte das damit begründet, dass die Seeluft dem alten Papier nicht gut tun würde. Das hatte Peter als Erklärung genügt, und Gott sei Dank hatte er sich nicht nach dem Verbleib des Originals erkundigt. So waren sie bereits den vierten Tag unterwegs.

Der alte Zweimaster war ein schnelles Schiff, denn es hatte einen schmalen Rumpf und vergleichsweise viel Segelfläche. Mit fünf bis sechs Knoten, was ungefähr neun bis elf Stundenkilometern entsprach, waren sie die Küste entlanggefahren. Sie hatten am ersten Tag Greifswald erreicht und eine

Nacht im Museumshafen übernachtet. Peter hatte im Fangenturm, in dem der Hafenmeister saß, fleißig seine Flyer verteilt. Hier hatten sie letzten Sommer im Keller in einem geheimen Versteck das Steuerrad des Küstenwolfs entdeckt. Weiter ging die Fahrt nach Stralsund, wo sie im Ozeaneum, einem Naturkundemuseum mit dem Schwerpunkt Meer, Fotos vom Küstenwolf aufhängten. Sie wollten Sverre besuchen, den erfinderischen Bruder von Knut, aber der schien Urlaub zu machen. Seine Bibliothek der Ostsee, in der er nach eigenen Angaben die Geheimnisse des Meeres verwaltete, blieb ihnen also verschlossen. So konnten sie ihn auch nicht nach der geheimnisvollen Insel befragen.

Am dritten Tag brachen sie nach Rostock auf, wo sie abends im Yachthafen unter großer Begeisterung einfuhren. Es hatte sich rumgesprochen, dass ein historisches Segelschiff ankommen würde, was viele Schiffsbegeisterte angelockt hatte. Besonders, weil kurz zuvor schon zwei andere alte Segelschiffe dort angelegt hatten, wie sie erfuhren. Es war ihnen vollkommen klar, wer das gewesen war. Mittlerweile betrug der Abstand zwischen ihnen und den Vitaliern nur noch zwei Tage. Ihre Widersacher schienen es nicht besonders eilig zu haben, oder sie wähnten sich sehr sicher.

„Der Smutje geht jetzt in die Kombüse, und in einer halben Stunde gibt es Fischstäbchen für alle", schallte Opa Witts Stimme aus dem Lautsprecher an Deck.

Es hatte sich so ergeben, dass entweder Knut oder der alte Witt die gesamte Mannschaft bekochten. Opa Witt besaß einen Fischerkahn und liebte es, in der Ostsee zu fischen, wenn er nicht gerade seiner Frau Hilde half, die Gäste in ihrer Pension zu versorgen. Gerne erwähnte er, dass die Dorsche, die er fing, Hauptbestandteil von Fischstäbchen seien.

Abends, wenn Anna mit Lisa in ihrer Kajüte lag, kurz bevor das Knarren der Wanten und Seile sie in den Schlaf wiegte, konnte Anna durch die geöffnete Tür in die Küche schauen, wo die Pfannen und Töpfe sanft im Takt der Wellen an Haken hin und her schaukelten. Wie man in so einer kleinen Küche, in der man sich kaum umdrehen konnte, für eine ganze Mannschaft kochen konnte,

blieb ihr ein Rätsel. Aber Knut und Witt bewegten sich so geschickt darin, als hätten sie ihr Leben lang nichts anderes gemacht.
Die Zeit verging an Bord anders als an Land. Ein Tag auf See kam ihr vor wie zwei Tage. Schiffe waren der einzige Ort für sie, an dem die Zeit langsamer zu verstreichen schien. Ob man quasi sein Leben verdoppeln konnte, indem man es auf dem Meer verbrachte?
„Aufwachen, Träumerin!“, riss Lukas’ Stimme sie aus den Gedanken.
Sie hatte ihn nicht kommen hören. Wie lange hatte er schon hinter ihr gestanden? „Ich war nur gerade …“
„Ich weiß, geht mir auch so. Die Zeit hier ist irgendwie … magisch“, sagte Lukas lächelnd.
Sie schauten einander in stummem Einverständnis an. Das mochte sie an ihm. Es gab Momente, in denen sie absolut gleich zu ticken schienen. Da waren keine Worte notwendig. Ein Blick genügte, und beide wussten, wie es dem anderen ging.
„Hast du Thomo eigentlich im letzten Jahr mal getroffen?“, fragte er unvermittelt, und auch wenn es beiläufig klang, wusste sie, dass es das nicht war.
„Nein“, antwortete sie und entschied, dass ihr Treffen ein paar Tage zuvor nicht zur Kategorie „letztes Jahr“ gehörte.
Lukas nickte.
„Und du? Hast du Sara mal gesehen?“
„Nein.“
„Hast du sie vermisst?“, fragte sie, ohne ihn anzuschauen.
„Ich hab euch alle vermisst.“
„Gute Antwort.“
„Schau mal, dort.“ Lukas zeigte auf eine Stelle an Steuerbord. Zwei Tümmler sprangen aus dem Wasser, drehten eine Pirouette und tauchten wieder unter.
„Das müssen die beiden Define sein, die schon öfter gesichtet wurden“, erklärte Finn, der Knut das Steuer überlassen hatte und sich zu ihnen stellte. „Leben normalerweise eher im Atlantik. Wahrscheinlich, weil das Wasser da

einen höheren Salzgehalt hat, aber seit einiger Zeit sieht man sie vermehrt auch in der Ostsee."

„Stimmt es, dass sie Schiffbrüchige retten können?", wollte Lukas wissen.

„Ist vielleicht eher ein Märchen", grinste Finn. „Aber wer weiß, vielleicht haben sie bald was zu tun. Es gibt nämlich ein Problem."

„Und zwar?"

„Ich kann die Vitalier nicht mehr orten. Entweder haben sie ihre Geräte abgeschaltet, was eigentlich verboten ist, oder sie sind abgesoffen."

„Unwahrscheinlich." Lukas schüttelte den Kopf. „Die Vitalier sind vielleicht Halunken, aber segeln können sie."

„Trotzdem merkwürdig. Ihre letzte Position war bei der Insel Fehmarn. Wenn sie nach Kiel wollen, müssen sie um die Insel rum. Es gibt zwar eine Abkürzung durch den sogenannten Fehmarnsund, aber die Brücke über dem Sund hat nur eine Höhe von 23 Metern."

„Da würden Stine und Enneke aber mit ihren Masten hängebleiben. Die sind über 30 Meter hoch." Finn nickte Lukas zu.

„Das kann uns helfen", warf Anna ein. „Unser Vater hat für viel Geld die Masten teilweise klappbar gemacht. Wenn wir die Abkürzung nehmen, können wir vier bis fünf Stunden aufholen."

„Und wenn wir nachts segeln, holen wir noch mal einen ganzen Tag auf", ergänzte Finn.

„Wir sagen Papa einfach, dass wir auch nachts segeln üben wollen", schlug Lisa vor.

„Dann sollten wir das machen!", lachte Knut plötzlich hinter ihnen. Keiner hatte ihn kommen hören. Irgendwie waren hier alle Meister im Anschleichen geworden, fand Anna. „Aber vorher gibt's Fischstäbchen!"

5

Die Warnung

Nachdem mehr als 50 Fischstäbchen vertilgt worden waren, umrundeten sie die Insel Poel und fuhren wenig später in den alten Hafen von Wismar ein, um ihre Vorräte aufzufüllen und das Mastlegen zu üben. Obwohl die Zeit drängte, ließen sie es sich danach nicht nehmen, in der Touristinfo Flyer auszulegen und die Altstadt sowie den Lohberg anzuschauen. Das war nicht etwa ein Berg, wie der Name vielleicht glauben machen konnte, sondern ein schöner Platz in der Nähe des Hafens.

Neben ihnen an der Kaimauer lag noch ein weiteres altes Segelschiff. Ein Nachbau einer alten Hansekogge, die „Wissemara". Mehrere Eiskugeln später lösten sie die Leinen, und fuhren weiter nach Lübeck, wo Peter Hansen von Bord ging. In beiden Häfen hatten sie ordentlich Werbung für den Küstenwolf gemacht und jedes Mal erfahren, dass einen Tag zuvor die zwei Schiffe der Vitalier ebenfalls an diesen Orten festgemacht hatten.

„Seid vorsichtig bei eurer Nachtfahrt und kontrolliert immer die Positionslichter und den Radar!", schärfte ihnen Peter ein, als er von Bord ging, aber da erzählte er ihnen allen nichts Neues. Anna und Lisa drückten ihren Vater noch einmal zum Abschied, dann wurden auch schon wieder die Leinen losgemacht für den letzten Teil der Fahrt nach Kiel.

Spät am Abend passierten sie wie geplant den Fehmarnsund, der die Insel Fehmarn vom Festland trennte. Wie sie es mit Peter in Wismar geübt hatten, klappten sie die beiden Masten zur Hälfte ein und konnten so problemlos die Brücke passieren, während vor ihnen die Sonne gerade blutrot im Meer unterging. Lukas stand auf der Kommandobrücke neben Finn am Steuer und nahm das einäugige alte Fernglas in die Hand, das er mal von Knut geschenkt bekommen hatte. Angeblich zeigte es feindliche Schiffe an, indem es rot blitzte, sobald sie in Sichtweite waren. Ob das nun stimmte und das Fernglas sozusagen magische Fähigkeiten hatte oder einfach nur irgendwo ein roter Glassplitter im Okular angebracht war, konnte er nicht sagen.

Tatsache war, dass er hinten am Horizont zwei große Segelschiffe sehen konnte, aber das Glas blitzte erst rot auf, als er ein weiteres kleineres Segelboot entdeckte, das die großen zu begleiten schien.

„Leute, Vitalier in Sicht!“, rief er den anderen zu. „Die werden sich wundern, wenn sie morgen früh in Kiel aufwachen und wir neben ihnen festgemacht haben“, freute sich Lisa und reichte Lukas eine Zeichnung, auf der er zu sehen war, wie er durch das Fernglas in die Ferne blickte.

„Ja“, raunte der alte Witt und kraulte sich seinen Bart. „Und ich bin gespannt, wie sie darauf reagieren. Irgendwie habe ich das Gefühl, es geht hier um eine ganz große Sache.“

„Vielleicht suchen sie einen weiteren Schatz auf dieser Insel“, mutmaßte Lisa.

Opa Witt schüttelte den Kopf. „Wenn es ein Schatz ist, dann wird er größer sein als ein Schiff.“

„Sowas Ähnliches hat Sverre gesagt, als wir letztes Jahr den Küstenwolf gefunden haben. Weißt du noch, als wir auf seinem U-Boot waren?“, wandte sich Lisa an Finn.

„Was hat mein Bruder da genau gesagt?“, schaltete sich Knut in die Unterhaltung ein. Finn versuchte sich zu erinnern.

„Er hat so einiges gesagt. Bisschen verworren alles. Irgendwas von einem Schatz, der größer sein soll als alles, was wir bisher gefunden haben.“

„Und dann hat er noch von Mut und Freiheit gesprochen und dass die Vitalier und wir angeblich dasselbe Ziel haben“, ergänzte Lisa.

„Oh Mann, Leute, Sverre mit seinem U-Boot und der komischen Büchersortiermaschine mit den Greifarmen in seiner Bibliothek. Wisst ihr noch? Der ist schon ein bisschen durchgedreht.“ Lukas grinste.

„Sprich nicht so über meinen Bruder“, fuhr Knut ihn barsch an.

Lukas zuckte genauso zusammen wie alle anderen, denn so hatten sie den gutmütigen Trödelhändler noch nie erlebt. Knut war die Sanftmut in Person und hatte den vieren schon oft geholfen. Erschrocken schaute Lukas ihn an, aber Knuts Gesichtszüge entspannten sich bereits wieder.
„Ich weiß, du hast es nicht so gemeint, aber mein Bruder ist bestimmt nicht verrückt, nur ein bisschen eigen", brummte Knut und verließ die Brücke.
„Hab ich ihn beleidigt?", fragte Lukas unsicher.
„Keine Sorge", beruhigte Opa Witt. „Er ist nur ein bisschen nervös, weil er ahnt, dass wir uns in Gefahr begeben."
„Wieso das denn?", konnte sich Anna nicht zurückhalten zu fragen.
Opa Witts Blick glitt über ihre Köpfe hinweg zum Horizont, vor dessen orangerotem Hintergrund man die Silhouetten der Vitalierschiffe erahnen konnte, wenn man die Augen zusammenkniff.
„Vielleicht, weil es die Insel, die wir suchen, gar nicht gibt. Jedenfalls", er machte eine kleine Pause, „nicht offiziell." Lukas, Anna, Finn und Lisa schauten ihn ratlos an, aber mehr war zu diesem Thema aus ihm nicht herauszubekommen.
„Knut hat die erste Wache bis Mitternacht, dann übernehme ich bis zwei, dann Lukas mit Knut bis vier, Anna mit mir bis fünf. Finn hat frei und kann schlafen, herzlichen Glückwunsch", sagte er und verließ die Brücke, wie es zuvor Knut getan hatte.

* * *

Ein großes wildes böses Tier grub seine spitzen langen Fangzähne in seinen Oberarm. Lukas riss die Augen auf und wunderte sich einen Moment, wo er war. Auf einem Haufen Taue neben dem Hauptmast. Knut stand oben auf der Brücke und hob die Hand knapp zum Gruß.
„Na, das ist ja eine schöne Art, Wache zu halten." Anna grinste ihn an und hörte auf, ihn zu kneifen. Verdammt, da musste er tatsächlich eingeschlafen sein. „Ich war nur ganz kurz …"

„Von wegen! Ich beobachte dich hier schon eine Viertelstunde, wie du neben dem Steuer schnarchst, als ob du einen ganzen Wald zersägst. Ein Wunder, dass die anderen nicht wach geworden sind."
„Okay, erwischt."
„Irgendwelche besonderen Vorkommnisse, Herr Wachhabender? Soweit Sie überhaupt etwas mitbekommen haben ..."
„Nur Wasser, ein paar Möwen und Küstennebel."
Anna setzte sich neben ihn. Ziemlich dicht, wie er fand. Ihre Arme berührten sich. Sofort ging sein Herzschlag schneller. Irgendetwas hatten Sara und Anna gemeinsam, dass sie das bei ihm auslösten. Aber diesen Gedanken behielt er lieber für sich.
„Schon mal überlegt, was du Thomo sagst, wenn du ihn morgen siehst? Immerhin hat er ja wohl was mit dem Verschwinden der Karte zu tun."
Wie zur Antwort stand Anna auf, ging schnell vor zum Hauptmast, an dessen Fuß eine Reihe von Säbeln eingesteckt waren, zog einen heraus und machte gekonnt ein paar Fechtbewegungen. Die Säbel hatten dort schon gesteckt, als sie den Küstenwolf in der Sandgrotte der Fischland-Darßer Steilküste entdeckt hatten. Bis auf die technische Aufrüstung war es allen wichtig gewesen, das Schiff möglichst in seinem ursprünglichen Zustand zu belassen. Und so waren auch die Säbel an ihrem Ort geblieben.
„Das würdest du machen?", fragte Lukas ironisch, der genau wusste, dass Anna eine gute Fechterin war und sogar schon Landeswettbewerbe gewonnen hatte. „Du würdest vor ihm mit diesem Käsepieker in der Luft herumfuchteln? Wen soll das denn beeindrucken?"
Anna kam auf ihn zu und richtete die Spitze des Säbels auf seine Brust.
„Vorsicht, kleiner Küstenwolf. Leg dich nicht mit der Falschen an." Mit einer blitzschnellen Bewegung stieß Lukas Annas Säbel zur Seite, packte ihr Handgelenk, drehte es nach hinten, sodass sie ihren Säbel losließ. Klirrend fiel er zu Boden.
„Oh, da hat wohl jemand im letzten Jahr einen kleinen Selbstverteidigungskurs gemacht", stellte Anna fest.

Sie standen sich jetzt ganz dicht gegenüber; ihre Nasenspitzen berührten sich fast.

„Na ja, irgendetwas muss man ja tun, wenn einem sonst keiner das Fechten beibringen möchte und sich dieser Jemand auch ein ganzes Jahr lang nicht meldet."

„Höre ich da eine leichte Kritik heraus?" Anna grinste ihn frech an.

Lukas überlegte, was er darauf sagen sollte. Und dann kam er innerhalb von zwei Sekunden zu dem Schluss, überhaupt keine Worte zu verwenden, sondern lieber etwas zu tun. Er beugte sich ein Stück nach vorn, und ihre Lippen berührten einander.

Annas Lippen waren eindeutig weicher als die von Sara. Er rechnete damit, dass sie ihn gleich von sich stoßen würde, aber stattdessen dauerte der Moment an, ohne dass er sagen konnte, ob sie seinen Kuss erwiderte. Und dann spürte er, wie sie sich entspannte und eine Hand sanft durch seine Haare fuhr. Gab es irgendetwas Aufregenderes auf der Welt als einen Kuss? Doch diese Frage musste unbeantwortet bleiben.

„Ich möchte ja eure spezielle Art, Wache zu schieben, nur ungern unterbrechen, aber wenn ihr die Güte hättet, euren Blick einen Moment voneinander zu lösen und nach vorne zu schauen, wäre das eventuell sehr hilfreich."

Ertappt lösten sie sich voneinander. Vor ihnen stand Knut, den sie völlig vergessen hatten, und schüttelte den Kopf. Stumm wies er mit dem Zeigefinger nach vorn. Und ja: Da war ihnen tatsächlich etwas entgangen. Zwei große Segelschiffe mit Kanonen an Bord brachen aus einer Nebelwand heraus und steuerten im Licht der aufgehenden Morgensonne direkt auf sie zu. Die Vitalier hatten ihre Verfolger entdeckt.

„Nur Küstennebel, ja?“, fragte Anna ironisch, denn es war bekannt, dass der Schwarze Korsar gern alle möglichen Tricks anwendete, um sein Schiff zu tarnen, und dazu gehörte auch der Einsatz einer Nebelmaschine. Wie hatte er das nur vergessen können?, fragte sich Lukas.
Stines Dreimaster drehte bei, ein lauter Knall ertönte, und als eine Wasserfontäne knapp vor ihrem Bug in die Luft stieg, wussten sie alle: Das war kein Spaß. Die Vitalier hatten mit einer ihrer Kanonen einen Warnschuss abgefeuert.

6

Die Karte

Lisa, Finn, Knut und Opa Witt kamen an Deck gestürmt. „Was ist denn hier los?", rief Knut, als ein zweiter Schuss abgefeuert wurde und nur wenige Meter vor ihrem Bug im Wasser hochspritzend einschlug. Bevor irgendjemand ihn fragen konnte, gab Lukas es selbst zu.

„Ich dachte, es sei Küstennebel."

„Enneke und seine dämliche Nebelmaschine", fluchte Opa Witt, dessen Fischkutter im letzten Sommer vom Schwarzen Korsaren aufgrund derselben Fehleinschätzung gerammt worden und untergegangen war.

Beide Schiffe der Vitalier fuhren nun hintereinander dicht an ihnen vorbei. Stumm und drohend schaute Stines Mannschaft zu ihnen herüber. Enneke Michels, der Schwarze Korsar, überließ auf seinem Schiff einem seiner Mannschaftsmitglieder das Steuer, trat an die Reling und rief ihnen zu:

„Wagt nicht, uns zu folgen, oder der nächste Schuss sitzt!"

Auch wenn sie sonst um keine Antwort verlegen waren, fiel nun niemandem etwas ein, was sie darauf hätten erwidern können. Was sollte man auch Schlaues von sich geben, wenn ein Schiff mit einer Dreierreihe geladener Kanonen an einem vorbeifuhr?

„Sie können es unmöglich so schnell bis nach Kiel und wieder zurück geschafft haben", überlegte Finn laut.

„Aber ohne die Koordinaten können sie die Insel doch gar nicht finden, hast du gesagt", warf Lisa ein.

„Vielleicht", seufzte Lukas, „haben sie die Koordinaten ja nie wirklich gebraucht."

„Wie bitte?" Finns Gesicht war ein einziges Fragezeichen.

Stumm zeigte Lukas auf das kleine alte Segelboot, das den Vitaliern gefolgt war und sich nun wieder an die Spitze der drei Schiffe setzte.
„Es scheint so, als ob die Vitalier eine bessere Methode gefunden haben, um auf die Insel zu gelangen: jemanden, der ihnen den Weg zeigt. Und in diesem Fall brauchen sie keine Koordinaten mehr auf irgendwelchen alten verschimmelten Papierfetzen."
Anna griff nach dem alten Fernrohr, das neben dem Steuer in einem Holzkasten steckte und richtete es auf das Heck des Schiffes des Schwarzen Korsaren, von dem immer wieder ein Blitzen ausging.
„Hm, merkwürdig", brummte sie und hielt Lukas das Fernrohr hin. Es dauerte einen Augenblick, bis er das offene Lukenfenster am Heck entdeckt hatte, aus dem Sara und Thomo guckten. Sie hielten irgendetwas in der Hand, das im Licht der aufgehenden Sonne, die die sich auflösenden Nebelschwaden durchbrach, immer wieder aufblitzte.
„Schnell, Stift und Papier", rief er und diktierte hastig die langen und kurzen Signale, die er empfing.
„Was soll das bedeuten?", fragte Anna, die mit Kugelschreiber einfach alles auf ihren Unterarm geschrieben hatte und Knut zeigte.

-.- .- .-. - . / .. -. / -.- .. . .-..

„Hier steht", Knut drehte Annas Arm ins Licht, „Karte in Kiel."
Lisa grinste und klopfte Anna und Lukas auf die Schulter.
„Ich weiß ja nicht, ob dieser Hinweis nur für euch beiden Turteltauben gedacht war, aber ich vermute einmal optimistisch, Sara und Thomo liegt etwas daran, uns auf der Insel wiederzusehen."
Lukas und Anna schauten einander unsicher an.
„Na kommt, ist schon okay", sagte Finn, und Lukas hatte überhaupt nicht das Gefühl, dass irgendetwas okay war. Diese ganze Sache mit Sara und ihm und Anna und ihm und dann auch noch Thomo, das war alles reichlich kompliziert,

fand Lukas. Hatte Sara ***ihm*** diese Botschaft schicken wollen oder Thomo ***Anna***? Oder beide ihnen beiden? Oder sollten sie ***alle*** wissen, wo die Insel lag? Lukas hatte immer noch das Gefühl, Annas Lippen auf den seinen zu spüren. Das war ein totales Durcheinander.

Wenn es Anna genauso ging, so ließ sie sich zumindest äußerlich nichts anmerken.

Der künstliche Nebel hatte sich nun endgültig verzogen und gab den Blick frei auf die Kieler Hafeneinfahrt. Sie fuhren vorbei an einem alten U-Boot aus dem 2. Weltkrieg, das zu Museumszwecken aufgebockt zu ihrer Linken an Land lag.

„Alle Mann klar zum Anlegemanöver!" Anna fand als Erste die Sprache wieder, und irgendwie schien jeder froh zu sein, jetzt etwas zu tun zu haben. Knut übernahm das Steuer, Opa Witt ließ per Knopfdruck die Segel reffen und schaltete auf Motorbetrieb um, während Finn und Lisa zum Schutz der Außenwände die Fender an der Bordwand anbrachten. Und so gingen Anna und Lukas unter Deck, um sich umzuziehen, denn beide hatten noch ihre Schlafanzüge an.

„Also das mit Sara …", wollte Lukas anfangen zu erklären.

„Ach, halt einfach die Klappe", unterbrach ihn Anna und knallte die Tür ihrer Kajüte zu.

„Super Idee", stimmte Lukas zu.

* * *

In Kiel angekommen, warteten gleich zwei Überraschungen auf sie. Im Hafen stellte Opa Witt fest, dass sich ein Fischernetz in der Schiffsschraube verfangen hatte. Ein Taucher musste geholt werden, der die Schraube wieder vom Netz befreite. Der Einzige, der diese Arbeit im Hafen ausführen durfte, war allerdings erst abends wieder verfügbar.

Anna, Lisa, Lukas und Finn wollten die Zeit nutzen, um die Bootsbaufirma aufzusuchen, für die Lukas' Opa gearbeitet hatte, und in der das Foto mit der vollständigen Inselkarte im Hintergrund entstanden war. Sie hatten Glück. Unweit vom Hafen, in einer geräumigen Lagerhalle, hatte die kleine Werft ihren Sitz. Sie saßen alle in genau dem Büro, das auf dem Foto von Lukas' Opa zu sehen war. Aus der Halle drangen die unterschiedlichsten Gerüche in den Raum: Holz, Lack und Teer. An den Wänden des Büros hingen überall Zeichnungen von Schiffen; die meisten davon größere Segler.

Wenn Anna durch das große Glasfenster in die Arbeitshalle schaute, sah sie Boote in unterschiedlichen Stadien der Fertigstellung. Vom Gerippe eines Rumpfes bis zum fertigen Zweimaster war alles da. Ungefähr zwanzig Männer und Frauen arbeiteten an den Schiffen. Es wurde gehämmert, geschliffen, gestrichen und auch mal geflucht, wenn etwas schiefging. Aber die meiste Zeit schien hier alles wie am Schnürchen zu laufen.

Das Büro sah jetzt etwas anders aus als auf dem alten Foto. Ein paar Tische waren verrückt worden, und die Karte an der Wand fehlte.

Der Mann im Chefsessel vor ihnen musste etwa so alt sein wie Knut oder Opa Witt. Wenn seine weißen Haare und der Bart noch etwas länger gewesen wären, hätte er auch gut als Weihnachtsmann in der Adventszeit im Kaufhaus arbeiten können. Aber diesen Gedanken sprach Anna lieber nicht laut aus, nachdem sie beobachtet hatte, wie Sören Petersen schlagartig seine gute Laune zu verlieren schien, nachdem Lukas seinen Namen genannt hatte.

„Sommer? Bist du etwa verwandt mit Harry Sommer?".

„Harald Sommer war mein Opa, ja", antwortete Lukas.

„Dann kannst du gleich rückwärts wieder aus der Tür rausgehen, Bursche. Von euch Sommers habe ich genug für ein ganzes Leben", fluchte Petersen, erhob sich aus seinem Chefsessel und wies zur Tür.

„Ich habe keine Ahnung, was mein Opa Ihnen angetan hat, aber ich war erst drei Jahre alt, als er verschwand. Das Einzige, was ich von ihm habe, ist dieses Foto. Ich wollte nur fragen, ob er vielleicht irgendetwas hinterlassen hat. Bilder, Poster, Karten, alte Zeichnungen, irgendetwas."

Petersen atmete laut ein, hielt einen Moment die Luft an und schaute aus dem

Fenster hinaus in die Werkhalle, wo ein etwa 20 Meter langes Holzboot den letzten Schliff bekam. Mit Maschinen wurden die schönen bordeauxfarbenen Außenwände poliert. Zwei honigfarbene Masten gaben dem Schiff etwas sehr Edles.
„Das ist ein sehr schönes Schiff", sagte Anna, und das schien Petersen für einen Moment zu besänftigen.
„Das letzte Schiff, das Harry vor seinem Verschwinden konstruiert hat. Ich habe lange überlegt, ob ich es überhaupt bauen soll. Nach dem, was er mir alles angetan hat."
Petersen blickte wieder zu den vieren, und seine Laune schien sich irgendwie gewandelt zu haben.
„Ihr könnt ja nichts dafür, schon klar", sagte er seufzend. „Dein Opa ist eines Tages einfach mit dem Geld für vier Jahre verschwunden. Er hat mir einen Haufen Zeichnungen hinterlassen und dazu geschrieben, das seien die Arbeiten für die nächsten Jahre, und er habe sich selbst einfach den Lohn dafür ausgezahlt. Er wurde dann noch einmal in Hamburg gesichtet, als er gerade dabei war, die Gedenkstatue von Klaus Störtebeker zu demolieren. Er wurde festgenommen, konnte aber entkommen. Seitdem fehlt von ihm jede Spur. Aber der Name meiner Firma hat darunter gelitten, mal abgesehen von dem Geld, das mir fehlte."
„Konnten Sie denn mit den Zeichnungen meines Opas noch etwas anfangen?"
Petersen wiegte den Kopf und schmunzelte plötzlich.
„Also, wenn ich ehrlich bin, dann waren die Konstruktionszeichnungen mehr wert als das Geld, das er aus meinem Safe genommen hat. Aber enttäuscht und sauer war ich trotzdem. Harry war mein bester Freund. Das dachte ich zumindest. Die Firma hieß damals auch Sommer-Petersen. Man kann doch nicht so einfach nehmen, was man will, so wie ein … Pirat, oder?"
„Nein, natürlich nicht", beeilte sich Lukas zu versichern, aber Anna konnte sehen, wie er sich auf die Zunge biss.
„Und dieses Poster mit der Karte hier", Petersen zeigte auf das Foto auf Lukas'

Handy „das muss er mitgenommen haben, als er nach Hamburg gegangen ist, um dort zu randalieren."
„Warum ist er nach Hamburg gegangen?"
„Keine Ahnung. Ich weiß auch nicht, was er an der Statue von Störtebeker rumzuschrauben hatte. War sogar in der Zeitung. Wartet mal."
Petersen kramte in einer Schreibtischschublade und holte einen Zeitungsartikel hervor, der in einer Klarsichthülle steckte.
„Bootsbauer wollte Störtebeker vom Sockel holen", las Finn vor.
„Mit einem Akkuschrauber haben sie ihn erwischt. Na ja", seufzte Petersen, „vielleicht ist Harry auch verrückt geworden, ich weiß es nicht."
Anna reichte Lukas ihr Handy. Lukas nickte, als er den Fahrplan darauf sah. Er hatte die gleiche Idee gehabt, denn jetzt hatten sie alle Informationen, die sie brauchten, und wie Anna schon herausgefunden hatte, brauchte der Zug nach Hamburg nur 70 Minuten.
Sie waren sich schnell einig, dass es am einfachsten war, Opa Witt und Knut nichts von ihrem Trip zu verraten. Erstens mussten die beiden auf den Taucher warten, der die Schiffsschraube wieder befreien sollte, und zweitens hätte es womöglich nur unnötige Diskussionen gegeben. So schickten sie den beiden einfach nur eine Kurznachricht, dass sie sich ein bisschen Kiel angucken würden, legten ihr Geld zusammen und machten sich auf zum Bahnhof. Unterwegs mussten sie der Versuchung widerstehen, ins Kieler Schifffahrtsmuseum zu gehen, denn für Schiffe interessierten sie sich ja alle. Am Bahnhof angekommen, stellten sie fest, dass ihr Geld gerade so für eine Gruppenkarte reichte. Sie setzten sich in den Zug nach Hamburg und kamen um die Mittagszeit in der Hansestadt an. Das Denkmal von Klaus Störtebeker zu finden, war ein Kinderspiel. Jeder in Hamburg, wirklich jeder, kannte die Skulptur, die in der Hafengegend errichtet worden war.
„Schon komisch, dass die Stadt ihrem ärgsten Feind ein Denkmal gesetzt hat", wunderte sich Anna, als sie um die Statue herumgingen. Klaus Störtebeker stand in dunkler Bronze auf einem etwa hüfthohen Steinsockel.

„Gottes Freund der Welt Feind", las Lisa irritiert vor.
„Ein zwiespältiger Charakter, würde ich sagen", kommentierte Lukas.
„Davon gibt's hier einige", bemerkte Anna spitz, aber Lukas entschied sich, nicht darauf einzugehen.
„So, und was hat Harry Sommer hier wohl vor zehn Jahren versucht?"
„Gute Frage, Sherlock Holmes." Lukas stellte sich innerlich schon darauf ein, dass Anna alles, was er heute sagen würde, entweder veräppeln oder ironisch kommentieren würde.
„Der Name Gödeke Michels steht hier unter dem von Klaus Störtebeker. Der war doch ein Kumpel von Störtebeker, nicht wahr?", fragte Lisa.
„Ja, und Enneke Michels, der Schwarze Korsar, glaubt ja immer noch, dass er ein Nachfahre von Gödeke Michels ist", ergänzte Finn.
Anna ließ die Schultern hängen. „Wie auch immer, Leute. Ich finde hier nichts Auffälliges."
Nachdenklich strich Lukas über die kleine Tafel auf dem Steinsockel, auf dem der Name des Künstlers eingraviert war, der die Statue entworfen hatte.
„Das hier ist die einzige Stelle, an der man mit einem Akkuschrauber etwas anrichten kann."
„So, so, Herr Kommissar. Dein Opa fährt also extra von Kiel nach Hamburg, nur um an diesem Schildchen herumzuschrauben? Was soll das für einen Sinn ergeben?"
Aber statt sich mit Anna auf eine Diskussion einzulassen, die im Zweifel nicht gut für ihn ausgehen würde, ließ sich Lukas das kleine zusammenfaltbare Multitool von Finn geben, dass dieser immer an seinem Gürtel trug.

„Willst du das jetzt abschrauben?"
„Nein, Madame, ich möchte nur die Schrauben streicheln", erwiderte Lukas gereizt und hörte, wie Anna scharf die Luft einzog.
Lisa schaute sich unsicher um. Die Promenade am Wasser war zwar gerade nicht besonders überlaufen, aber die beiden Polizisten, die sich aus etwa 200 Metern näherten, machten sie unruhig.
„Was auch immer du machst, mach es schnell, da kommen zwei von der Polente."
„Hab's gleich", keuchte Lukas, als das Schildchen klirrend zu Boden fiel.
Einer der Polizisten blieb stehen und schaute irritiert zu den Jugendlichen, als er das Geräusch hörte. Dann griff er sich an den Gürtel, holte ein kleines Fernglas hervor und richtete es auf die Verergruppe.
„Leute, es wird hier gleich ungemütlich." Lisa war knallrot geworden.
„Das wäre ja nicht das erste Mal", sagte Lukas.
„Ja, besonders, wenn du dabei bist", knurrte Anna.
Hinter dem etwa handygroßen Schildchen befand sich ein kleiner Hohlraum. Lukas griff mit seiner Hand hinein und tastete darin herum. Mittlerweile beobachtete auch der zweite Polizist die Gruppe mit einem Fernglas. Jetzt setzten beide ihre Gläser ab und begannen, auf die Gruppe zuzulaufen. Offensichtlich waren sie nicht besonders erfreut über das, was sie gesehen hatten.
„Bingo!", sagte Lukas und holte eine zusammengerollte Klarsichtfolie hervor.
„Hey, was macht ihr da?", rief einer der Polizisten. Er und sein Kollege waren nur noch vielleicht knapp hundert Meter von ihnen entfernt.
„Lasst uns abhauen", mahnte Finn, und das musste er nicht zweimal sagen.
„Sorry, ich wollte es wieder anschrauben", rief Lukas den Polizisten zu und ließ das abgeschraubte Schildchen fallen, dann stoben sie alle die Treppen hoch, die in der Nähe der Statue zur Straße führten.
„Bleibt stehen!", hörten sie eine verärgerte Stimme hinter sich, aber das war das Letzte, was sie jetzt wollten.

Sie jagten durch die Straßen, aber die Zahl ihrer Verfolger nahm nur noch zu. Offenbar hatten die beiden Polizisten ihre Kollegen in der Nähe informiert. Bald liefen acht Uniformierte hinter ihnen her, an der nächsten Kreuzung waren es schon zehn. Zwischen hohen Backsteingebäuden und Glasfassaden, über ein Basketballfeld und dann wieder am Wasser entlang flohen sie durch das moderne Viertel der Hafencity, bis sie an einem hohen dreieckigen Gebäude ankamen, vor dem gerade mehrere Busse Touristen ausluden.

„Was ist das hier?", fragte Lisa keuchend.

„Die Elbphilharmonie, ein riesiges Konzerthaus, das könnte uns retten."

Sie mischten sich unter die Ströme der Touristen, die sich auf die Eingänge zubewegten.

„Es ist noch früher Nachmittag. Das muss irgendeine Sonderveranstaltung sein", freute sich Lukas.

In der Tat wurden die Besucher in großen Gruppen eingelassen, wobei ein Touristenführer am Einlass mehrere Tickets für alle einscannen ließ. Niemand prüfte die genaue Zahl der Besucher. So gelangten sie unkontrolliert in den futuristischen Konzertsaal.

„Wow, das sieht ja aus wie in einem Raumschiff."

Sie verdrücken sich in die hinteren Reihen ihres Ranges, um nicht aufzufallen. Sie hatten Glück, denn das Konzerthaus war nicht vollständig ausverkauft. Und während ein Gitarrenquartett auf der Bühne seine Stücke spielte und sie alle verwundert feststellen mussten, dass sie selbst auf ihren hinteren Plätzen super hören konnten, holte Lukas die Klarsichtfolie hervor, in der sich ein dicker Packen gelbliches altes Papier befand. Vorsichtig entfaltete er es, aber schon bevor er es vollständig geschafft hatte, erkannten alle, worum es sich handelte: Harry Sommer hatte vor zehn Jahren mitnichten die Statue von Klaus Störtebeker demolieren wollen. Stattdessen hatte er ein sicheres Versteck für eine Karte gesucht. Die Karte der geheimen Insel mit den Koordinaten!

7

Leinen los!

Nach dem Konzert strömten sie mit den Touristen wieder nach draußen. Von den Polizisten war nichts mehr zu sehen.
Sie nahmen sich ein Taxi zum Bahnhof und waren am Abend wieder zurück an ihrem Anlegeplatz in Kiel, wo der Hafentaucher an der Kaimauer Opa Witt und Knut gerade das Ende des losgeschnittenen Fischernetzes aus dem Wasser nach oben reichte.
„Ihr kommt genau richtig!", rief Knut ihnen zu, und gemeinsam zogen sie den Rest aus dem Wasser.
„Das nimmt ja gar kein Ende", keuchte Anna.
„Und es stinkt wie verdorbene Fischkonserve", beschwerte sich Lisa.
Erst nach zehn Minuten lag das Fangnetz auf einem großen Haufen vollständig neben dem Anleger. Der Taucher stieg aus dem Wasser und streifte sich einen Gummianzug ab.
„Das hatte ich schon lange nicht mehr. Hier vor dem Hafen passiert das selten, weil das natürlich kein Fanggebiet ist. Normalerweise verfängt sich höchstens mal ein Stück altes Tau in den Schrauben."
„Wird wohl jemand verloren haben", spekulierte Finn. Der Taucher zuckte mit den Schultern und verabschiedete sich.
„Ich kann mir schon vorstellen, wer das *verloren* hat", zischte Anna.
„Du meinst, die Vitalier haben das ins Meer geworfen, damit wir ein Problem bekommen?"
„Gut kombiniert, Sherlock Holmes", sagte Anna. Sie konnte nichts dagegen tun, irgendwie war sie immer noch sauer auf Lukas. Was sollte dieser Kuss heute Morgen? Und lief da parallel was mit Sara? Gut, die Geschichte mit Thomo am

Strand war jetzt auch nicht einfach zu erklären, aber davon wusste ja niemand was, und darüber war sie eigentlich auch ganz froh. Kompliziert, das Ganze.

Finn hielt Lisa seine Hände vors Gesicht, und diese schreckte angewidert zurück.

„Bäh, Fischkadaver mit Algenschlick!"

Opa Witt holte lachend eine sandige Waschpaste vom Schiff und reichte sie den Küstenwölfen.

„Als alter Kutterfahrer habe ich so was immer dabei. Sonst lässt mich die Hilde auch nicht mehr ins Haus mit meinen Fischhänden, wenn ich vom Fang komme."

„Wir haben auch was dabei", grinste Anna, und Lukas zog mit spitzen Fingern die Karte aus dem Rucksack.

Knut lächelte anerkennend. „Ich nehme mal an, wir fragen besser nicht, wie ihr an die Karte gekommen seid."

Alle vier grinsten zustimmend.

„Wir fragen uns, wie man die Koordinaten liest. Die scheinen aus einer anderen Zeit zu stammen." Anna blickte die beiden alten Seebären hilfesuchend an.

„Na, dann schauen wir mal", sagte Knut, setzte sich auf die Kaimauer, und alle taten es ihm gleich. Auf der gegenüberliegenden Seite des Hafens ging gerade die Sonne unter. Alles wurde in goldenes Licht getaucht. Knut besah sich die Karte und die eingezeichneten Linien und Zahlen genau. Von Zeit zu Zeit rechnete er auf dem Taschenrechner seines Handys etwas nach, brummte zustimmend oder überrascht, kraulte dann seinen Bart und kam schließlich zu einem Ergebnis.

„Die Koordinaten stammen wahrscheinlich aus dem 15. Jahrhundert. Wenn man sie den heutigen angleicht, komme ich auf diese Längen- und Breitengrade. Sie stimmen mit Zahlen überein, die jemand hier unten mit Kugelschreiber ganz klein in die Ecke geschrieben hat. Wahrscheinlich dein Opa, Lukas".

„Super, dann stechen wir morgen früh in See und finden die Insel", freute sich Anna, für die die Sache damit klar war. Und ehrlicherweise konnte sie nicht genau sagen, ob sie sich mehr darüber freute, eine geheimnisvolle Insel zu finden oder darüber, was auf der Insel anzutreffen war, beziehungsweise *wer* dort anzutreffen war.

Opa Witt hatte sich die Karte ebenfalls angeschaut und etwas in sein Handy eingegeben. Er schüttelte den Kopf.

„Wenn die Koordinaten stimmen, dann werden wir enttäuscht sein."

„Warum denn?", fragte Anna ungeduldig.

„Weil an dieser Stelle absolut nichts ist, auf jeden Fall keine Insel".

Opa Witt reichte Anna sein Handy. Auf dem Display war eine Seekarte aufgeschlagen. In der oberen Ecke konnte man die Koordinaten ablesen. Sie stimmten mit denen auf der Karte überein. Anna zoomte etwas aus der Karte heraus.

„Das liegt 50 oder 60 Kilometer von hier. Der sogenannte Fehmarnbelt gleich nach der Kieler Bucht. Das ist Naturschutzgebiet."

„Was heißt das?", fragte Finn.

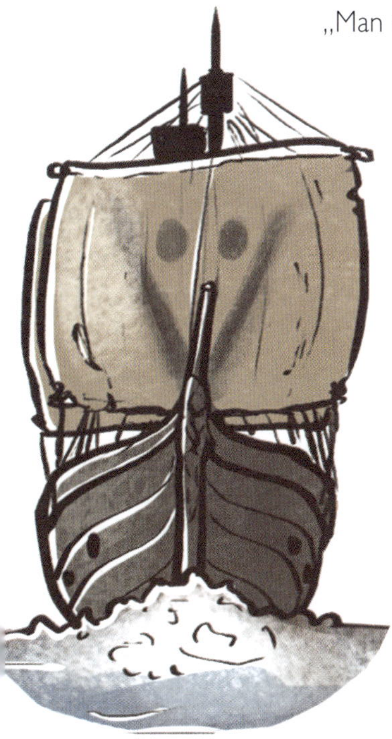

„Man darf da durchfahren, aber es gibt Vorschriften, die man zum Schutz der Natur beachten muss. Es gibt Unterwassersanddünen, Riffe und sogar Schweinswale, aber ganz sicher keine Insel", brummte Knut.

„Das werden wir ja sehen", sagte Anna bestimmt und erntete einen skeptischen Blick von Lukas, der sie schon wieder auf die Palme brachte. Aber bevor sie etwas sagen konnte, hielt auf einmal ein Auto hinter ihnen. Ein Mann stieg aus und fragte:

„Sechsmal Pizza für Witt und Bansin?"

Knut und Opa Witt hoben wie auf Kommando die Hände. „Jawoll, für eine ganz hungrige Mannschaft!" Kurze Zeit später saßen sie alle in der warmen

Abendsonne an Deck des Küstenwolfs, während der Himmel sich blutrot färbte. Die Wanten und Fahnenmaste der Schiffe klackerten friedlich im Wind, und Möwen kreisten am Himmel. Während Anna herzhaft in ein Stück Salamipizza biss, stieß Lukas sie an.

„Gar nicht so schlecht, so ein Piratenleben, was?", meinte er grinsend, und irgendwie war seine gute Laune so ansteckend, dass sie mitgrinsen musste. Er hatte ja recht. Es war schön hier. Alles. Auch mit ihm.

* * *

In dieser Nacht schlief Anna ruhig und tief. Die Jungs in der Kajüte gegenüber hatten noch eine Weile auf ihren Smartphones gedaddelt, aber irgendwann hatte Lukas das Licht gelöscht, und vielleicht hatte sie es nur geträumt, aber sie hatte den Eindruck gehabt, er habe danach noch einmal durch die angelehnte Tür zu ihr hinübergeschaut, bevor er leise zurückgeschlichen war.

Ein merkwürdiges Geräusch weckte sie auf. Sie öffnete die Augen und schaute sich um. Die Morgensonne strahlte durch das runde Bullauge hinein und kitzelte Annas Nase.

Aber das war es nicht, was sie aus dem Schlaf geholt hatte. Es war vielleicht fünf Uhr morgens. Nein, das Geräusch kam von Deck. Leise schlug sie das Laken zur Seite und glitt aus dem Bett. Auf Zehenspitzen schlich sie den schmalen Schiffsgang entlang und die Holztreppe hinauf. In Zeitlupe drückte sie die Klinke herunter und öffnete die Tür zum Vorderdeck.

Jetzt sah sie, woher das merkwürdige Geraschel kam, das sie irgendwoher kannte: Knut und Opa Witt zurrten alle losen Gegenstände an Deck mit Seilen fest. Tische, Stühle, Eimer, selbst Enterhaken und Leinen wurden vertäut und befestigt. Das Geräusch von Seilschlingen, die sich zuziehen, wenn man Gegenstände einwickelt und festbindet, kannte Anna aus der Segelschule ihrer Eltern. Alle Boote und der ganze Krimskrams auf dem Steg wurden gesichert, wenn, ja, wenn ein Sturm aufzuziehen drohte.

„Gibt es schlechtes Wetter?", fragte Anna die beiden, die herumfuhren, als wären sie bei etwas Verbotenem erwischt worden.
„Äh, na ja, man kann nie wissen, stimmt's?", haspelte Knut herum und zählte laut die Anzahl der Rettungswesten in einer Box neben dem Vordermast.
„Sechs Stück und eine zur Reserve!", verkündete er.
„Passt!" Opa Witt nickte zufrieden und befestigte Rettungsleinen an dafür vorgesehenen Klampen.
Das fand Anna nun doch merkwürdig. Rettungsleinen benutzte man, um in einem schweren Sturm nicht von Bord geweht oder gespült zu werden. Die Wettervorhersage hatte jedoch für die ganze Woche Sonnenschein und blauen Himmel vorhergesagt.
„Was ist denn hier los?", maulte Lukas plötzlich hinter ihr. Er sah noch ziemlich verschlafen aus und hielt sich schützend die Hand vor die Augen, um sie gegen das Sonnenlicht abzuschirmen.
„Knut und Witt machen das Schiff sturmsicher, aber es ist gar kein Sturm angesagt", flüsterte Anna ihm zu.
„Aha", war das Einzige, was Lukas dazu einfiel.
„Ihr beiden könnt euch mal nützlich machen. Wir machen heute mal ausnahmsweise ein Manöver *vor* dem Frühstück", knurrte Opa Witt sie an und schob sie beide an die Gangway.
„Und welches Manöver soll das sein?", nölte Lukas, der sich offenbar lieber wieder hinlegen wollte.
„Leinen los!", antworteten Witt und Knut fröhlich wie aus einem Munde.
Anna schaute Lukas an.
„Na, die sind ja gut drauf heute, die beiden." Sie schüttelte den Kopf.
Kaum hatte sie mit Lukas die Leinen von den Pollern der Kaimauer gelöst, startete Knut auch schon den Motor und ließ ihn warmlaufen. Schnell huschten Anna und Lukas an Bord und holten die Gangway ein. Wenig später tuckerten sie gemächlich aus dem Kieler Hafen hinaus und waren bald auf offener See.
Es sollte die letzte gemächliche Fahrt des Küstenwolfs sein.

8

Eine Fata Morgana

Finn und Lisa wunderten sich, als Lukas sie aufweckte und sie feststellten, dass sie mitten auf der Ostsee waren. Das Frühstück mussten sie bei voller Fahrt abwechselnd einnehmen, was ein paar Möwen anzog, die kreischend um das Schiff flogen und auf ein paar Brotkrumen hofften.

„Ich wusste nicht, dass wir es *so* eilig haben", maulte Lisa. Finn stocherte in seinem Rührei herum und nickte.

„Vor allem, weil es die Insel ja angeblich gar nicht gibt."

Lukas musste den beiden irgendwie recht geben, obwohl ja eigentlich alles in bester Ordnung war. Das Wetter stimmte, er war mit seinen Freunden auf dem Meer, und gemeinsam waren sie auf Entdeckungsreise. Außerdem schmeckte sein Toast mit Nutella einfach super. Anna wurde auf der Brücke von Opa Witt am Steuer abgelöst und kam zu ihnen herunter.

„Selbst den Tisch haben sie noch mal festgebunden, obwohl der schon festgenagelt ist", flüsterte sie.

„Warum flüsterst du?", frage Lukas ebenfalls mit leiser Stimme.

Anna musste kichern. „Keine Ahnung", wisperte sie, „weil das alles so geheimnisvoll ist, vielleicht?"

Lukas spielte das Spiel weiter und hielt sich die Hand vor den Mund, als ob sie unter keinen Umständen gehört werden durften.

„Okay, dann flüster' ich jetzt auch nur noch!"

Knut kam an Deck. Lukas erkannte in seiner Hand die Karte wieder, die sie am Vortag in Hamburg im Sockel der Störtebeker-Statue gefunden hatten.

Knut breitete die Karte auf dem Tisch aus und legte sein Handy daneben, auf dem der Kurs ihres Bootes zu sehen war.

„In etwa vier Stunden könnten wir uns der Stelle genähert haben, auf der die Insel eingezeichnet ist."

„Was machen wir bis dahin?", fragte Lukas.

„Nun, wir machen eine Übung", antwortete Knut, ohne einen von ihnen anzuschauen.

„Was für eine Übung?", fragte Finn misstrauisch.

„Eine Sturmübung. Wir befestigen alle Dinge. An Deck sind wir schon so weit, aber unter Deck gibt es noch einiges zu tun", sagte er und ließ die vier mit fragenden Gesichtern zurück.

„Da ist doch was faul."

Anna pflichtete Lukas nickend bei: „Übungen sind ja schön und gut, aber für einen Fall, der garantiert nicht eintritt, ist das irgendwie sinnlos."

„Ich mach die Kombüse", meldete sich Finn. „Die Pfannen klappern mir nachts sowieso zu viel."

Wenig später waren alle damit beschäftigt, unter Deck alles niet- und nagelfest zu machen. Jeder Löffel, jeder Topf, jedes Paar Schuhe und alle Bücher und Klamotten wurde vertäut, festgebunden und verstaut, bis wirklich nichts mehr lose in den Kajüten oder Gängen herumlag.

Und gerade, als sie fertig waren, genauer gesagt, als Lukas sogar seine weichen Badelatschen in eine Netztasche an der Wand seiner Koje gesteckt hatte, gab es ein lautes kratzendes Geräusch, als würden die Krallen eines Ungeheuers außen an der Bordwand entlangschrappen.

Lukas lief nach oben an Deck, wo Opa Witt mit einem langen Enterhaken backbord herumfuhrwerkte. „Was ist da?"

„Nichts Gutes", antwortete Opa Witt dunkel und forderte ihn mit einer Handbewegung auf, ihm zu helfen. Gemeinsam versuchten sie, etwas, das aussah wie ein riesiger Lappen, aus dem Wasser zu ziehen. Erst als Anna, Lisa und Finn mit einem weiteren Haken dazukamen, gelang es ihnen, das Gewirr aus Holz, Leinen und Tuch aus dem Meer zu bergen: Vor ihnen lag ein Teil eines hölzernen Mastes, samt zerfetzten Segeln.

„Das sieht irgendwie aus …"
„… wie der Mast des Schiffes vom Schwarzen Korsaren", führte Lukas Annas Überlegung zu Ende. „Oder was davon übriggeblieben ist".
Lukas ging zum Hauptmast und zog das Fernrohr aus dem Futteral, das neben den Säbeln befestigt war. Langsam suchte er den Horizont ab. Ein paar wenige Sportsegelschiffe, ein Frachter und zwei Fischerboote – sonst war nichts zu sehen. Kein Segelschiff von der Größe des Schwarzen Korsaren. Den Bruchteil einer Sekunde hatte er zwar geglaubt, etwas wie die Silhouette eines Schiffes in weiter Ferne gesehen zu haben, aber da hatte sich wohl nur ein Haar im Okular verfangen, denn einen Wimpernschlag später war der Horizont wieder klar.
„Ist das Schiff untergegangen?", sprach Lisa die schlimmste aller Möglichkeiten aus.
„Warum sollte es?", gab Finn zu bedenken. „Bestes Segelwetter, ruhige See und mäßige Winde. Wie soll man da kentern?"
„Sie können auf ein Riff aufgelaufen sein", mutmaßte Anna. „Hier im Fehmarnbelt soll es doch welche geben".
Opa Witt schüttelte den Kopf. „Die gibt es, aber die liegen zu tief, als dass der Zweimaster der Vitalier sie hätte streifen können. Außerdem haben die bestimmt einen Tiefenmesser an Bord. Und vielleicht", raunte er und ließ seinen Blick über das Meer schweifen, „ist das hier auch nur Müll von einem anderen Schiff. Im Meer landet viel Zeugs. Ich bin froh, dass der Mast uns nicht die Bordwand aufgeschlitzt hat. Bindet den mal fest, ich kontrolliere noch mal unseren Kurs, wir müssten bald da sein", befahl Opa Witt und ließ sie allein.
Lukas setzte das Fernglas ab und half den anderen. „Ich hab nichts Auffälliges gesehen. Auch weit und breit keine Insel."
„Man müsste aber eigentlich irgendwas sehen", beharrte Finn und zog ärgerlich eine Leine um den Mast fest, damit dieser nicht wegrollte. Dann nahm er sein Handy und tippte auf dem Display herum.
„Ihre Ortung haben die Vitalier immer noch abgestellt."

„Wenn sie nicht Schiffbruch erlitten haben", seufzte Lisa.
„Dann würden sie doch irgendein Signal oder einen Notruf abgegeben haben", widersprach Finn. „Na ja, bald hab ich hier sowieso keinen Empfang mehr, wenn wir zu weit von der Küste weg sind."
„Okay, wir hoffen einfach mal, dass der Mast im Wasser nichts Schlimmes zu bedeuten hat. Ich schau weiter nach der Insel." Lukas nahm das Fernrohr und trat an die Reling.
Aber auch in den nächsten Stunden tauchte nirgendwo eine Insel auf. Sie kreuzten hin und her und fuhren ein weites Gebiet ab, aber außer zwei Tümmlern gab es rein gar nichts Aufregendes zu sehen. Je länger die Suche dauerte, desto unruhiger wurde Finn. Lukas beobachtete, wie er ständig von Backbord zu Steuerbord wechselte, durch das Fernrohr schaute und schließlich sogar auf den Mast kletterte, obwohl Knut ihm das verboten hatte. Dort oben saß er eine Weile in luftiger Höhe und suchte das Meer ab. Anschließend kam er wieder herunter und kontrollierte den Kurs, den sie anhand des Navigationsgerätes nahmen. Opa Witt brummte verärgert irgendwas von wegen: Das Gerät sei nagelneu und habe schon eine Macke. Es würde dauernd die Koordinaten neu berechnen.
Das schien Finn interessant zu finden. Mehrfach bat er darum, einen bestimmten Kurs zu fahren, und Lukas konnte beobachten, wie er fasziniert die sich wirr ändernden Koordinaten auf dem Navi verfolgte und sich Notizen machte. Das Ganze wiederholte sich ein paar Mal, und obwohl das mit Zeit ziemlich öde wurde, wagte keiner, Finn zu fragen, was das alles sollte. Stattdessen schlug Knut nachsichtig jeden Kurs ein, den Finn ihm vorgab, bis Anna schließlich der Kragen platzte. Darauf hatte Lukas insgeheim schon lange gewartet. Geduld war nicht gerade ihre Stärke.
„Was soll denn der Mist, Finn? Seit Stunden gurken wir hier herum wie die Blöden."
Finn blieb ganz ruhig und nickte zufrieden, als habe Anna da gerade etwas sehr Wichtiges gesagt.

„Genau das ist das Besondere."

„Das Besondere ist aber ziemlich bescheuert, lieber Finn."

„Ja, das sieht so aus, und ich glaube, so soll es auch sein."

„Kannst du dich bitte mal klar ausdrücken, sonst landet gleich einer von uns im Wasser, und ich prophezeie dir, ich werde es nicht sein."

„Keine Gewalt!", lachte Finn, was Anna noch wütender machte, wie Lukas an ihren Wangen sehen konnte, die sich rot verfärbten.

Finn winkte alle auf die Brücke. „Kommt mal alle her! Ich glaub, ich hab hier was Interessantes gefunden."

Alle trotteten die Holzstiege zur Brücke hinauf, wo Finn neben Knut am Steuer stand. Er hatte einen zweiten Kompass neben das installierte Navigationsgerät gelegt und außerdem sein Handy und das von Knut. Auf allen Geräten konnte man ihren Kurs kontrollieren.

„Gut zuhören, denn das klingt alles echt irre. Also …" Finn machte eine Pause und holte tief Luft. „Jedes Mal, wenn wir uns bestimmten Positionen nähern, fangen die Navis an zu spinnen. Gleich wird es wieder passieren, guckt!"

Alle schauten auf die elektronischen Karten auf den verschiedenen Displays.

„Jetzt gleich."

Und richtig: Erst fing die Kompassnadel an, sich zu drehen wie auf einem Plattenteller, dann änderten sich plötzlich die Koordinaten auf den Navis und sprangen ein paar Sekunden vor. Gleichzeitig neigte sich das Schiff leicht backbord.
„Seht ihr? Und das passiert, egal aus welcher Himmelsrichtung wir kommen."
„Wie kommt das?", fragte Anna jetzt sehr neugierig.
„Interessanter ist die Frage: Wozu führt das? Denn sobald der Kurs springt, passen sich die Autopiloten an, oder ein Segler denkt, er muss den Kurs korrigieren. Am Anfang habe ich das auch gedacht, bis ich gemerkt habe, dass dahinter ein System steckt. Ein bestimmtes Gebiet erscheint auf den Navis einfach nicht, stattdessen wird man auf einen anderen Kurs umgelenkt. Und ein Grund dafür könnte das hier sein", sagte Finn, holte einen Tischtennisball aus der Hosentasche, legte ihn in eine Holzschale neben dem Kompass, der sich inzwischen wieder beruhigt hatte, und schlug das Steuer zurück nach steuerbord. Die Segel drehten sich zur anderen Seite, als sie die Wende fuhren.
„Schaut auf den Ball!"
Anna warf Lukas einen fragenden Blick zu, als sich mit einem Mal der Ball in der Schale bewegte und an ihrem Rand hinaufrollte. Die Navis fingen wieder an, in den Koordinaten zu springen, die Kompassnadel spielte verrückt, und das Schiff neigte sich wieder leicht nach Backbord.
Lukas begriff langsam, was da vor sich ging, konnte es aber nicht fassen. „Wir werden vom Kurs abgebracht, als ob …"
„Ein Magnet uns wegzieht oder eine Strömung", vollendete Finn den Satz.
„Und das passiert, egal, aus welcher Himmelsrichtung wir kommen?", fragte Anna noch immer etwas ungläubig.
„Richtig. Ich hab das aus allen möglichen Richtungen versucht einzugrenzen und bin darauf gekommen, dass das Gebiet, aus dem wir immer wieder weggezogen werden, nur ein bisschen größer ist als die Insel, die wir suchen."
„Aber Moment", warf Lukas ein. „Selbst, wenn es da irgendeine Strömung oder einen Erdmagnetismus gibt, der den Kurs beeinflusst, dann müssten wir doch trotzdem die Insel sehen, oder?"

„Und das ist jetzt wirklich das Irrste!", nickte Finn und nahm ein Fernglas aus dem Holzfach neben dem Steuer.

„Wir sehen keine Insel, richtig?"

Alle nickten.

„Aber kurz bevor wir vom Kurs abgebracht werden, sieht man für den Bruchteil einer Sekunde einen dunklen Streifen vor dem Horizont."

Finn steuerte das Schiff in einem Bogen erneut an die Zone heran, ab der die Geräte anfingen zu spinnen.

„Passt auf!" bereitete Finn die anderen vor, „Achtet auf alles, was plötzlich aus dem Wasser zu ragen scheint. Es ist nur sehr kurz zu sehen."

Alle versorgten sich mit Ferngläsern und starrten auf die Horizontlinie. Erst passierte gar nichts. Dann fing die Kompassnadel an zu zittern, bis sie sich auf einmal wieder wie wild drehte. Die Koordinaten auf den Navis sprangen auf andere Zahlen wie bei einem Spielautomaten.

Plötzlich, für einen Bruchteil einer Sekunde, sahen sie einen grünen Streifen am Horizont. Lukas war sich sicher, dass er auch so etwas wie ein Segel gesehen hatte. Da waren ein Schiff und Land. Und auf einmal war die See wieder spiegelglatt, und nur ein paar Frachtschiffe zogen langsam am Horizont entlang.

Lukas und Anna setzten in Zeitlupe ihre Ferngläser ab und sahen einander sprachlos an.

„Ähm, das ist ja wie eine Fata Morgana".

„Oder wie ein gebeamtes Bild, das abgeschaltet wird."

Lisa war von allen am meisten geplättet. „Wie kann das sein? Das ist doch unmöglich."

Knut strich sich über den Bart, und Lukas war sich nicht sicher, ob er nicht auch ein bisschen lächelte.

„Fata Morganas entstehen durch Hitzespiegelungen und können weit entfernte Bilder übertragen. Das wird es eher nicht sein, aber dahinter steckt vielleicht ein ähnliches Prinzip: Lichtumleitung."

„Lichtumleitung?", fragten Lisa, Anna und Lukas im Trio.

„Ja, man kennt das aus der Astronomie. Manchmal sieht man Sterne durch das Fernrohr, die man eigentlich gar nicht sehen könnte, weil andere Sterne davorstehen. Trotzdem sind sie sichtbar, weil ihr Licht praktisch um den sie verdeckenden Stern herumgeleitet wird, so als ob man mit einer Taschenlampe um die Ecke oder zumindest in einem Bogen leuchten könnte", erklärte Finn.
„Du meinst, wir sehen die ganze Zeit, was hinter der Insel liegt, weil die Bilder quasi um die Insel herumgeleitet werden wie bei deinen Sternen?"
„Genau, und dadurch sieht man die Insel selbst nicht, sondern nur, was dahinter liegt. Außer für einen winzig kleinen Moment, wenn man sich dieser Zone nähert, ab der die Geräte verrücktspielen. Bei Sternen wird das Licht durch Anziehungskräfte anderer Sterne umgelenkt."
„Okay, aber hier gibt es keine Sterne", warf Anna ein.
„Ja, das ist das Problem", gab Finn zu. „Aber das Prinzip ist vielleicht das gleiche. Vielleicht ist hier die Erdanziehungskraft eine andere. Das würde auch erklären, dass das Schiff sich neigt und der Ball aus der Schale rollen will. Der Erdkern, von dem die Anziehungskraft ausgeht, ist ja kein vollkommen runder Ball, sondern eher eine unförmige Kartoffel. Und vielleicht gibt es hier so was wie einen Nebenzweig. Kartoffeln treiben ja irgendwann aus, und dann kommen da so grüne Triebe raus. Vielleicht hat der Erdkern hier so einen dünnen Trieb ausgebildet, und der bewirkt diese speziellen Anziehungskräfte."
„Und warum hat das dann noch keiner bemerkt?"
„Es sucht ja kaum einer nach einer Insel in diesem Naturschutzgebiet. Wozu auch? Keine Karte zeigt sie an. Frachtschiffe nehmen andere Routen, und Segler bemerken das gar nicht, wenn sie so sanft ein paar Grad umgelenkt werden. Die Navis und der Kompass funktionieren nach ein paar Sekunden ja wieder. Wenn das überhaupt jemand bemerkt, segelt er auf dem korrigierten Kurs einfach weiter. Und außerdem", fügte Finn hinzu, „könnte es sein, dass dieses Phänomen recht jung ist und erst seit Kurzem besteht."
„Okay", sagte Lukas. „Nehmen wir für einen Moment mal an, dass das alles so oder anders stimmt. Dann bedeutet das doch, dass vor uns eine Insel liegt, die

wir nicht sehen, die aber trotzdem existiert. Gibt es eine Möglichkeit, den Kurs zu halten und sich nicht umlenken zu lassen? Kommen wir irgendwie hinter das Spiegelbild?"

Finn nickte Lukas zufrieden an. „Genau das sollten wir herausfinden. Aber es könnte ziemlich ruppig werden, wenn wir uns mit der Gravitation anlegen."

„Haben wir deswegen alles an Bord festbinden müssen?", fragte Anna scharfsichtig Knut und Opa Witt. „Habt ihr davon gewusst?"

Die beiden schauten einander unsicher an und drucksten herum. „So genau, wie Finn das erklärt hat, wussten wir das nicht, aber um eine unsichtbare Insel in der Ostsee ranken sich so einige Legenden und Mythen und auch darum, wer alles bei dem Versuch draufgegangen ist, sich ihr zu nähern", antwortete Knut.

„Vor allem, *wie* man dabei draufgehen kann, wenn man versucht, sich der Insel zu nähern", ergänzte Opa Witt mit tiefer unheilvoller Stimme und teilte die Rettungswesten aus.

Und auch wenn er nicht weiter ausführte, was das zu bedeuten hatte, war allen klar, dass Kurs auf die Insel zu nehmen, kein Zuckerschlecken werden würde. Trotzdem fassten sie den Entschluss, es zu versuchen, und setzten damit eine Kette von Ereignissen in Gang, die sie sich in ihren wildesten Fantasien nicht hätten ausdenken können.

9

Das Geisterschiff

Erst neigte sich das Schiff nur sanft nach Backbord. Doch als Finn das Steuer gegenlenkte und es wieder auf den alten Kurs bringen wollte, knirschte es mächtig im Gebälk, als ob gigantische Hände an dem Zweimaster zogen. Die Wanten bogen sich und alle spürten, wie sie an die linke Bordwand gezogen wurden. Dann richtete sich das Schiff auf, und sie standen wieder gleichmäßig auf beiden Füßen. Sogleich kippte der Küstenwolf erneut nach Backbord. Seile zerbarsten, und zwei lose Fässer rollten über das Deck.

„Schaut mal nach oben", rief Lisa aufgeregt. Anna traute ihren Augen nicht: Die Mastspitze bog sich im 45-Grad-Winkel zur Seite, als ob sie ein Strohhalm wäre.

„Bindet euch fest", rief Knut und verteilte Rettungsleinen, mit denen sie sich an der Reling der Brücke befestigen konnten. Als Anna den Karabiner an ihrem Gürtel festmachte, fiel ihr Blick auf die Wasseroberfläche, und sie erstarrte: Das Wasser vor ihnen sprudelte wie in einem großen Kochtopf. Lukas, der neben ihr stand, schien es auch gesehen zu haben.

„Was zum Teufel ist das?", fragte er.

„Festhalten!", kommandierte Opa Witt mit angstgeweiteten Augen, und im nächsten Moment passierten sie die Stelle, an der das Wasser schäumte. Der Bug vor ihnen verschwand im Meer, dann folgte der Mittelteil des Schiffes.

„Wir gehen unter", kreischte Lisa. Nur noch die erhöhte Brücke ragte aus den brodelnden Fluten, die sie nicht mehr zu tragen schienen. Eine Woge unnatürlich warmen Wassers schwappte über sie hinweg.

„Beim Klabautermann, was soll der Mist?", fluchte Anna, die zwar Angst hatte, sich aber auch ärgerte, so kurz vor dem Ziel zu scheitern. Das Wasser umschloss sie, und sie wollte gerade den Sicherungshaken lösen, um nicht mit dem Schiff in die Tiefe gezogen zu werden, als ihr Blick sich nach oben richtete. Irgendetwas Rotes flatterte da an der Mastspitze. War es eine der Wetterfahnen? ‚Aber eine Wetterfahne hatte doch keine Hände und Beine', dachte sie noch, als sich plötzlich das Schiff, wie von unsichtbaren Kräften nach oben gezogen, wieder aus den Fluten erhob. Das Wasser rauschte links und rechts von Deck, der Küstenwolf tauchte schaukelnd wieder zur Oberfläche auf und ließ die schäumende Meeresfalle hinter sich.

Alle japsten nach Luft und schauten einander entgeistert, aber auch erleichtert an.

„Danke, Puck!", flüsterte Anna leise, denn sie war sich sicher, dass ihnen wieder mal ein Klabautermann geholfen hatte, der in der Seemannssprache auch Puck genannt wurde.

„Das war knapp", keuchte Lukas. Opa Witt richtete sich ächzend wieder auf, Knut wrang seinen Bart aus, Finn setzte sich erschöpft auf den Kapitänssessel, schreckte aber gleich wieder auf.

„Autsch! Was zum Teufel …", schrie er und zog sich verärgert einen stacheligen Ball vom Popo.

„Das ist ja ein Seeigel", rief er verwundert. „So was gibt's doch gar nicht in der Ostsee!" Alle betrachteten fasziniert die roten spitzen Stacheln. Aber da rief Lukas: „Schaut mal, da!" und zeigte nach vorn.

Vor ihnen in etwa drei Kilometer Entfernung war Land aufgetaucht. Möwen umflogen sie, und eine ungewöhnliche warme Brise blähte die Segel auf.

„Die Insel!"

Knut schüttelte ungläubig den Kopf.

„Es ist also wahr. Es gibt sie wirklich."

Alle traten an die Reling. Lisa nahm ein Fernglas und richtete es auf die Küste.
„Leute, das ist unglaublich. Da sind Palmen am Strand."
„Mann, ist das auf einmal warm hier", wunderte sich Lukas und zog sein Hemd aus. Jetzt bemerkte auch Anna, dass sich die Temperatur wahnsinnig schnell erhöht hatte. Die Sonne brannte regelrecht vom Himmel. Finn zog sich einen Stachel aus der Hose.
„Ha! Hab ich dich", freute er sich, als sein Blick nach Backbord fiel.
„Oh verdammt! Leute, schaut mal da rüber!"
Alle drehten sich um, und keine 50 Meter neben ihnen sahen sie etwas, das sie alle kannten. Aufgelaufen auf einer Sanddüne lag dort halb zur Seite gekippt das Schiff des Schwarzen Korsaren: die Segel zerfetzt, die Maste gebrochen und bevölkert von Hunderten fußballgroßer Krebse.

* * *

„Die haben mehr Angst vor uns als wir vor ihnen", meinte Anna, als die Krebse Reißaus nahmen, kaum hatten sie sich mit dem kleinen Beiboot dem Schiff genähert. Einige glitten einfach ins Meer zurück, andere ließen sich sogar vom Mast fallen. Klatschend kamen die Krebse im Wasser links und rechts neben ihnen auf und verschwanden in der Tiefe. Das Dingi setzte auf der Düne auf, und Lukas sprang von Bord, um es mit einem kleinen Erdanker zu sichern. Opa Witt, Anna und Finn wateten durch das knöchelhohe azurblaue Wasser.
„Finn, ich glaube, das ist was für dich", sagte Opa Witt und zeigte auf das dicke Tau, das von der Reling des um etwa 45 Grad geneigten Schiffes zu ihnen herabhing. Behände zog sich Finn am Seil hinauf und verschwand kurze Zeit später oben hinter der Bordwand.
„Hoffentlich sind sie noch am Leben", flüsterte Anna, und Lukas nickte, denn obwohl die Vitalier sie wieder einmal ausgetrickst hatten, wünschte ihnen keiner etwas Schlimmes, schon gar nicht, in einem geheimnisvollen Sprudelmeer umgekommen zu sein.

Eine Strickleiter schoss über die Reling und landete unten vor ihren Füßen. Finns Kopf erschien oben an Deck.
„Kommt hoch!", rief er, und nacheinander kletterten sie an Bord. Durch die Neigung des Schiffes war es nicht ganz einfach, sich auf den Beinen zu halten. Außerdem war der Schiffsboden glitschig, und Lukas rutschte auch prompt aus und schlidderte hinunter zur anderen Seite, wo er einen kleineren Krebs aufscheuchte, der sich noch nicht davongemacht hatte.
„Sehr elegant, Herr Sommer", unkte Anna, doch dann glitt sie plötzlich ebenfalls aus. Sie flutschte über den Boden wie auf einer Rutsche direkt auf ihn zu und landete in seinen Armen.
„Das kommt davon, wenn man eine große Klappe hat", konnte sich Lukas nicht verkneifen zu bemerken.
„Ganz bequem so", sagte Anna, und irgendwie klang es recht wohlig, wie sie es sagte.
„Ähm, ihr Süßen, wollen wir vielleicht mal nach Überlebenden schauen? Kuscheln könnt ihr auch später", kommentierte Lisa trocken.
Wortlos erhoben sie sich.
„Ich bleib an Deck und schau mal nach, ob das Steuer noch funktioniert", entschied Finn.
„Gut, dann schauen wir unter Deck, wie die Lage da ist", sagte Opa Witt und stieg mit den anderen hinab in die Messe, von der die beiden Kajüten abgingen, die Sara und Thomo gehörten, wie Lukas, Finn, Anna und Lisa letzten Sommer herausgefunden hatten, als sie sich mal heimlich an Bord geschlichen hatten.
Es herrschte ein ziemliches Chaos. Überall lagen Dinge verstreut auf dem Boden. Töpfe neben Schuhen, Kleidung neben Essensresten, Stifte und Schulzeug neben umgeworfenen Stühlen und Tischen.
„Die sind ordentlich durchgerüttelt worden", raunte Opa Witt.
„Aber wo sind alle?", wunderte sich Lukas, der in Saras Kajüte stand. Ihm wurde ganz flau bei dem Gedanken, dass ihr etwas zugestoßen sein könnte. Ihr zerbrochener kleiner Schreibtisch in der Ecke war so etwas wie ein stummes

Überbleibsel einer tragischen Geschichte. Er drehte sich um und sah, wie Anna in der Tür zu Thomos Kajüte stand und eines seiner Stirnbänder vom Boden aufhob. Hatte sie Tränen in den Augen?
„Ich guck mal in der Kapitänskajüte nach", sagte er schnell und wankte über den schiefen Boden Richtung Achterdeck.
Die Tür zum Kapitänsraum war aus den Angeln gerissen und lag in drei Teilen auf dem Boden. Ein großer Tisch lag umgeworfen in einer Ecke. Die kleinen Fenster nach außen klappten quietschend auf und zu, als wollten sie vor etwas warnen. Aber außer dem Chaos aus Papieren, Karten, Zirkeln und ein paar Stühlen auf dem Boden war hier nichts Besonderes zu sehen. Erst jetzt fiel ihm auf, dass nirgends moderne Gegenstände zu sehen waren. Alle elektronischen Geräte schienen verschwunden zu sein. Er wollte sich gerade abwenden und zu den anderen zurückgehen, als er plötzlich ein Geräusch hörte, das ihn stutzen ließ. Es war ein Geräusch, als würde jemand versuchen, kein Geräusch zu machen.
Er schaute sich um, und sein Blick fiel auf eine alte Truhe. Langsam näherte er sich der großen Holzkiste, als das Geräusch wieder zu hören war. Es erinnerte ihn an etwas, und im nächsten Moment wusste er auch, woran. Wenn er sich früher als kleiner Junge im Schrank versteckt hatte, hatte er von innen die Tür zugehalten. Und es war genau dieses Geräusch, das er hörte. Als ob jemand im Inneren der Kiste an einem Griff zog, damit keiner sie öffnete.
Langsam beugte er sich zu der Kiste hinab und erschrak: Durch ein kleines Loch starrte ihn ein Auge an!
Schnell griff er sich den nächstbesten Gegenstand, einen Kerzenständer, um sich notfalls verteidigen zu können. Schnell riss er den Deckel hoch.
„Sara?", rief er verwundert, denn das ängstliche Häufchen Elend, das zu ihm hochguckte, hatte nur entfernt etwas mit der mutigen und draufgängerischen Piratentochter zu tun, die er kannte.
„Sie kommen wieder", sagte sie, und es war kaum zu verstehen, so leise und mit zitternder Stimme sprach sie.

„Wer soll wiederkommen?", fragte Lukas, als er einen Schatten an einem der klappernden Fenster wahrnahm. Dort kletterte gerade eine schwarze Gestalt von außen sehr flink nach oben. Aber nicht nur eine. Lukas zählte vier oder fünf.
„Komm schnell", rief er Sara zu und streckte die Hand aus, um ihr aus der Kiste zu helfen. Doch sie klappte den Deckel zu und hielt ihn von innen fest.
„Sara, was soll das?", schimpfte Lukas, als er einen Schrei hörte. Das war Anna. Oben an Deck.
Lukas stürmte die Holztreppe hinauf an Deck, den schweren Kerzenständer im Anschlag und erstarrte: Ein Dutzend in schwarze Tücher gehüllter Gestalten hatten Anna, Finn und Opa Witt gefesselt. Drüben auf ihrem Schiff sah er, wie Lisa und Knut eingeschnürt wie Pakete an Seilen an der Bordwand hinabgelassen wurden und unten von ebenfalls verhüllten Gestalten in kleine Einbaumboote verfrachtet wurden.
„Hey, lasst sie frei", schrie Lukas gegen die Übermacht an und bereute es im nächsten Moment. Alle drehten sich zu ihm um, und die schwarzverhüllte Meute schritt bedrohlich auf ihn zu.
Kampfesmutig schwang Lukas den Kerzenständer über seinen Kopf, und zu seiner Verblüffung schien das die Angreifer zu beeindrucken, denn mit einem Mal wichen sie zurück und flohen über die Reling. Wie zuvor die Krebse sprangen einige auch einfach ins Meer und zogen sich dann schnell in ihre Boote.
„Ha!", rief Lukas siegesgewiss, bis er bemerkte, wie eine der Gestalten kurz stehenblieb und hinter ihn zeigte. Als er sich umdrehte, erkannte Lukas, dass nicht er der Grund für die Flucht der Angreifer war, sondern etwas, das er in der Größe noch nie gesehen hatte: eine riesige, dunkle, haushohe Welle rollte auf sie zu.

10

Gefangen

Als Lukas aufwachte, war er durchnässt, die Rettungsweste zerfetzt, die Taschen und die Haare voller Sand. Er lag an einem Strand mit Palmen, wie es ihn an der Ostsee eigentlich nirgendwo geben konnte. Der kleine Krebs vor ihm schien wissen zu wollen, ob er noch lebte, und krabbelte erst weiter, als Lukas kurz mit der Nase zuckte, die das Tier prüfend mit einer seiner Scheren berührt hatte.

Und dann diese vielen gestrandeten Schiffe, die davon kündeten, was mit vielen vor ihnen geschehen war, die versucht hatten, auf die Insel zu gelangen. Die Passage mit dem sprudelnden Meer, dessen Wasser Schiffe in die Tiefe zog, oder eine der anschließenden Riesenwellen hatten das Schicksal vieler hier besiegelt.

Zu spät bemerkte er die Gestalt anhand der Stiefel, die vor seinem Gesicht aufgetaucht waren. Im grellen Gegenlicht der heißen Sonne konnte er nur die Säbel am Gürtel, einen Dreispitzhut und den typischen knielangen Kapitänsgehrock erkennen, wie ihn Piraten in alten Zeiten getragen hatten.

Die Faust, die ihn im Nacken packte, hatte eine unmenschliche Kraft. Nass und schwach, wie er war, wurde er über den Sandstrand geschleift. Lukas versuchte gar nicht erst, sich zu wehren oder gar zu protestieren. Sein Körper fühlte sich an, als ob er mit flüssigem Blei gefüllt worden wäre: schwer und absolut unbeweglich.

Mühsam hob er etwas den Kopf und erkannte zwischen Palmen eine hölzerne Behausung, die ihn an ein Fort erinnerte. Dicke mannshohe Baumstämme sollten wohl Eindringlinge abwehren, und die schmalen Schlitze konnten eigentlich nur Schießscharten sein. Der baumhohe Holzturm im Inneren des

Forts machte deutlich, dass sein Besitzer Wert darauf legte, den Strand und die gesamte Küstenlinie immer gut im Auge zu behalten. Ein großes Holztor wurde aufgestoßen.

Lukas erkannte einen Hof, in dem viele Fässer gestapelt waren, und irgendwelche Kessel, in denen es blubberte und kochte. Die Kessel sonderten über Rohre eine braune Flüssigkeit in einen Glasbehälter ab. Wurde hier Schnaps gebrannt?

Der Unbekannte zog ihn in eine Hütte mit vergitterten Fenstern, warf ihn auf eine Pritsche wie einen nassen Sack, verschloss die Tür und verriegelte sie.

Lukas war gefangen.

Der Raum war nur mit dem Nötigsten eingerichtet: Ein Tisch, ein Stuhl und in der Ecke etwas, das wohl ein Plumpsklo sein sollte. Wo zum Teufel war er?

Mühsam richtete er sich auf und spähte durch eine der vergitterten Luken, die auf den Strand zeigten. Dort lagen in einiger Entfernung die vielen gestrandeten Schiffe. Unter ihnen erkannte er sein eigenes, den Küstenwolf, und daneben das Segelschiff des Schwarzen Korsaren. Im Gegensatz zu den anderen Booten, die teilweise sogar in der Mitte zerbrochen waren, oder Löcher in der Bordwand aufwiesen, hatte jemand diese beiden Schiffe am Strand mit Holzpfählen gestützt, als wollte er sie überholen und in Stand setzen.

Was war mit Anna, Sara und den anderen geschehen? Doch er kam nicht dazu, darüber zu spekulieren. Als ob ein Strudel ihn in die Tiefe zog, spürte er eine unendlich schwere Müdigkeit. Er löste die Hände von den Gitterstäben, sank hinab auf die Pritsche und verfiel in einen tiefen Schlaf.

Als er aufwachte, schien die Sonne seitlich durch die Fenster. Wie lange hat er geschlafen? Er hatte jegliches Zeitgefühl verloren. Es musste früher Morgen sein. Die Vögel zwitscherten wild und vergnügt. Und es waren einige unbekannte Arten dazwischen, deren Rufen und Schreien er noch nie gehört hatte.

Doch was roch da so köstlich? Auf dem Tisch stand ein deftiges Frühstück mit Spiegeleiern, Würstchen und dicken Bohnen. Als ob jemand einen Knopf gedrückt hatte, spürte er schlagartig einen wahnsinnigen Hunger.

Er erhob sich von der Pritsche und wollte sich an den Tisch setzen, als er die schwere Eisenkette bemerkte, deren bananendicker Ring sein Fußgelenk umschloss. Er war angekettet! Rasselnd und kettenklimpernd begab er sich zum Teller und schlang gierig das noch warme Mahl in sich hinein, als die Tür zu seinem Gefängnis aufsprang und ein etwa kniehoher struppiger Hund hineinspazierte.

Lukas hörte auf zu kauen. Bei Hunden wusste er nie, ob sie freundlich gesinnt oder angriffslustig waren. Doch dieser hier wedelte freudig mit dem Schwanz und blickte ihn erwartungsvoll an. Lukas nahm ein Stück Brot vom Teller und

biss davon ab, was der Hund mit Interesse verfolgte. Vorsichtig brach Lukas ein Stück vom Brot ab und warf es ihm hin. Der Hund schnappte es in der Luft auf, verschlang es und wedelte erwartungsvoll mit dem Schwanz.

„Struwwel mag dich, aber bilde dir darauf nichts ein", erschallte eine Stimme von draußen, und jetzt erkannte Lukas durch die geöffnete Tür, dass im Hof in einer Hängematte, die zwischen zwei Palmen gespannt war, sein Kidnapper mit ins Gesicht gezogenem Hut hin und her schaukelte.

„Ich mag keinen, der von Süden auf die Insel kommen will. Und weißt du auch, warum?"

Lukas hatte keine Ahnung. Er hatte ja noch nicht einmal mitbekommen, dass sie aus südlicher Richtung auf das Gebiet der Insel zugesteuert waren. Aber dann überlegte er einen Moment, und ihm kam ein Gedanke

„Weil man sich als Eingeweihter der Insel nicht von Süden nähern würde?", riet er.

„Und warum tut man das nicht, du kleiner Schlauberger?", fragte sein Bewacher mit drohendem Unterton.

„Wegen des Sprudelwassers, den Typen mit den schwarzen Kutten und der Riesenwelle?"

Sein Wächter lachte kurz auf. „Sprudelwasser ist gut. Ha ha."

„Was ist mit den anderen? Wo sind meine Freunde? Und wer sind Sie?", fragte Lukas.

„Du kannst mich Blackbeard nennen, wegen dem …"

„… Bart, schon klar", vollendete Lukas den Satz und erntete ein zustimmendes Nicken.

„Ansonsten stelle ich hier die Fragen", stellte sein Bewacher klar und schob sich den Hut etwas höher. Selbst auf diese Entfernung konnte Lukas sehen, wie ihn zwei zornige Augen aus einem Gesicht ansahen, dessen Bart tiefschwarz war wie die Nacht.

„Und meine Frage lautet: Womit willst du eigentlich die vorzügliche Unterkunft und die einmalige Verpflegung hier bezahlen, Lukas?"

„Ich bin nicht freiwillig hier", antwortete er und fragte sich, woher Käpt'n Schwarzbart seinen Namen kannte.
„Oh doch, mein kleiner Freund, denn sobald du mein kleines Reich hier verlässt, schnappen dich die Moringas, so heißt das Volk der Typen mit den schwarzen Kutten übrigens, und glaube mir: Das willst du nicht. Ich könnte eine helfende Hand gebrauchen, um ein paar Schiffe wieder flottzumachen. Also schlage ich vor, dass du deinen Aufenthalt hier mit Arbeit bezahlst. Alternativ nehme ich natürlich auch gerne Gold entgegen, falls du welches dabeihaben solltest, aber das dürfte eher unwahrscheinlich sein." Der Schwarzbart lachte höhnisch und zog sich den Hut wieder über die Augen.
Lukas tastete seine Hosentasche ab. Da war sie immer noch. Was hatte er schon zu verlieren? Er holte aus und warf die Goldmünze, die Sara ihm im Freibad gegeben hatte, seinem Bewacher an den Hut. Der war davon so überrascht, dass er vor Schreck aus der Hängematte fiel.
„Du kleine Ratte, das wird dich teuer zu stehen kommen, mich hier zu bewerfen, dich werde ich …", fluchte er und rappelte sich vom Boden auf. Als er die Münze vor sich auf dem Boden sah, stutzte er, hob sie auf und betrachtete sie neugierig. Irgendetwas schien in ihm vorzugehen, denn als er aufschaute, hatte sich sein Blick verändert. Unglaube, vielleicht sogar etwas Ehrfurcht, auf jeden Fall Überraschung spiegelte sich in seinem Gesicht wider.
„Woher hast du das?"
„Von einer Freundin, die mir gesagt hat, diese Münze könnte mir mal helfen, wenn ich auf der Insel in Schwierigkeiten gerate."
Langsam kam der Schwarzbart auf ihn zu, und seine massige Gestalt füllte den Türrahmen fast zur Gänze aus. Seine Hand fuhr an den Gürtel, wo Lukas nicht nur einen Säbel und zwei Pistolen, sondern auch einen Dolch erkannte. Ängstlich sprang er vom Stuhl auf und wich zurück, soweit es ihm die schwere Kette erlaubte.
„Bleib stehen!", befahl der Schwarzbart, zog ein schweres Schlüsselbund hervor und löste den Eisenring um Lukas Fuß.

Lukas musste alles erzählen: Wie sie auf Usedom aufgebrochen waren, über Greifswald und Stralsund und schließlich um die Insel Poel gefahren waren, weiter nach Wismar, Lübeck, durch den Fehmarnsund und schließlich in Kiel gelandet waren. Dass sie die Karte in Hamburg im Sockel der Statue von Klaus Störtebeker gefunden hatten, ließ er dabei aus. Irgendwie hatte er das Gefühl, Erwachsenen diese Geschichte zu erzählen, brachte nur Schwierigkeiten, und das war das Letzte, was er jetzt wollte.

Interessiert hörte Blackbeard zu, als Lukas davon erzählte, wie sie die Vitalier verfolgt hatten, diese zwei Warnschüsse abgegeben hatten und ihnen entkommen waren. Wie schließlich Anna, Lisa, Finn, Opa Witt und Knut von den schwarz verhüllten Gestalten gefangen genommen worden waren. An dieser Stelle gluckste sein Zuhörer belustigt auf. Als Lukas geendet hatte, schaute ihn Blackbeard lange an, nickte dann, stand auf und verließ wortlos die Gefängnishütte, die er hinter sich verschloss.

Und so saß Lukas wieder allein in seinem Gefängnis. Na toll, da hatte er nun alles erzählt und im Gegenzug nichts erfahren. Immerhin war er nicht mehr angekettet. Aber weder wusste er, wo er war, noch, was mit seinen Freunden geschehen war. Es war zum aus der Haut fahren.

Wütend sprang Lukas auf und warf den Stuhl gegen die Tür, die sich davon gänzlich unbeeindruckt zeigte. Das Holz war steinhart und hatte kaum einen Kratzer abbekommen. Dafür war der Stuhl zerbrochen, sodass Lukas jetzt nur noch auf seiner Pritsche sitzen konnte.

Resigniert ließ er sich fallen, als sein Blick auf die Holztrümmer des eben zerstörten Sitzmöbels fiel. Die Rückenlehne war zerbrochen und sah aus wie eine Kinderschaufel. Da kam ihm ein Gedanke. Er ging auf die Stuhlreste am Boden zu, hob die zerbrochene Sitzfläche auf, trat auf die Wand seines Gefängnisses zu, hinter der der Strand begann, und fing an zu graben.

11

Die Königin

Als Anna erwachte, lag sie in einer Bambushütte, durch deren kreisförmiges offenes Dach sie grüne Palmen sah. Vorsichtig richtete sie sich auf und spürte einen Schmerz an ihren Armen, an denen sie mit Seilen gefesselt worden war. Auf dem Schiff war alles so schnell gegangen. Sie war mit Opa Witt nach oben an Deck gegangen, um Lisa und Finn zu fragen, ob sie etwas entdeckt hätten. Aber die beiden waren nirgends zu sehen gewesen. Sie hatten ihre Namen gerufen, und dann hatte Anna plötzlich ein Geräusch hinter sich vernommen.
Als sie sich umdrehte, hatten da diese schwarz verhüllten Gestalten vor ihnen gestanden. Sie waren beide so überrascht gewesen, dass sie viel zu spät reagierten. Noch ehe sie sich versahen, waren sie schon gefesselt und wurden an Seilen in eines der flachen Boote an der Bordwand hinabgelassen. Dort lagen auch Lisa und Finn, die ebenfalls von den Unbekannten gefangen genommen worden waren.
Anna strampelte wie wild mit den Beinen und trat zwei der Angreifer von ihrem Boot. Dann hatte sie nur noch gesehen, wie eine der Gestalten ein langes Rohr an die Lippen setzte. Dabei rutschte ihr die Kapuze ins Genick und entblößte ein Gesicht. Das Letzte, woran Anna sich erinnern konnte, waren die dicken blonden Locken und das gebräunte Gesicht des Jungen, der etwa ihr Alter hatte. Darauf hatte sie einen kurzen Stich am Hals gespürt, und dann war es dunkel geworden.
Und jetzt war sie hier in dieser Hütte aufgewacht.
Vorsichtig schob sie den Vorhang der Bambushütte beiseite und blickte nach draußen. Sie war in einem Dorf in irgendeinem Dschungel. Gut 20 dieser Hütten standen um einen Platz herum, umgeben von Palmen und hohen

Bäumen, wie Anna sie nur aus Filmen über Urwälder kannte. Lianen hingen von den Bäumen, und bunte Vögel flatterten zwischen ihnen hin und her. Wenn sie richtig gesehen hatte, waren darunter sogar Papageien.

Es herrschte unaufgeregtes Treiben im Dorf. Anna fiel auf, dass all seine Bewohner diese dicken lockigen Haare hatten, einige tiefschwarz, andere blond, die in Kontrast zu der tiefgebräunten Haut standen. Kleine Kinder spielten in der Mitte des Platzes, beobachtet und hin und wieder ermahnt von ihren Eltern, die vor ihren Hütten standen. Ältere Frauen saßen beieinander und schälten exotisch aussehendes Gemüse, das in modernen Töpfen landete, wie sie Anna von zu Hause aus der Küche ihrer Eltern kannte und die irgendwie nicht hierher passten. Merkwürdigerweise standen diese Töpfe nicht auf modernen Küchenherden, sondern auf simplen Feuerstellen. Dieser Gegensatz fiel ihr auch in anderen Bereichen auf: Einige der Dorfbewohner trugen zum Beispiel Markenkleidung und Turnschuhe.

Erst jetzt bemerkte Anna, dass vor ihrer Hütte zwei mit Säbeln bewaffnete Wachen standen. Als sie feststellten, dass Anna aufgewacht war, packten sie sie und schleiften sie über den Platz zur größten der Hütten. Ein süßlicher Duft stieg Anna in die Nase und erinnerte sie an Räucherstäbchen.

Sie passierten mehrere Vorräume, und jedes Mal wurden Tücher zur Seite geschlagen. Die Hütte musste riesig sein, und jeder Raum, den sie betraten, war opulenter als der vorherige. Goldene Gefäße standen auf antiken Regalen, Kanapees waren mit feinem Stoff bezogen, und goldverzierte Stühle standen um ein Schachspiel aus Marmor herum. Im nächsten Raum hing ein großes Gemälde an der Wand und zeigte eine blondgelockte Frau mit einer goldenen Krone auf dem Kopf. Zu ihren Füßen saßen Untertanen und blickten ehrfurchtsvoll zu ihr hinauf.

Anna war total verwirrt. So etwas hatte sie noch nirgends an der Ostsee gesehen. War das hier ein Kostümfest, oder wurde hier ein Film gedreht? Weder diese Hütten noch diese Vögel oder die Dschungelbäume und ihre Bewohner passten in ihre Erfahrungswelt. Sie hatte noch nie von einem Volk gehört, das auf einer Insel in der Ostsee in Bambushütten hauste und eine Königin hatte, die Wert auf Luxus und Prunk legt. Das ergab alles überhaupt keinen Sinn.

Bevor sich Anna weiter wundern konnte, wurde der letzte Vorhang zur Seite geschlagen, und sie stand vor der Frau auf dem Gemälde, das sie eben gesehen hatte. Argwöhnisch blickte die Königin von ihrem Thron herab auf Anna. Goldene Gefäße und Becher standen auch hier auf kleinen Tischen und dekorierten den Raum geradezu verschwenderisch.

„Euer Schiff enthält nichts Wertvolles, das mir gefällt. Wenn ihr nicht bezahlen könnt, müsst ihr für mich arbeiten. Ihr kennt doch die Regeln", fuhr die Herrscherin sie an.

Anna hatte keine Ahnung, wovon diese Frau sprach.

„Welche Regeln?"

Zu Annas Überraschung zog die Königin die Karte hervor, die sie im Sockel der Statue von Klaus Störtebeker in Hamburg gefunden hatten.

„Ihr seid doch nicht zufällig hier. Ihr habt diese Karte gefunden, von der es nur sehr wenige gibt. Wer die geheime Insel betritt, muss ein Eintrittsgeld bezahlen oder es abarbeiten. Das sind die Regeln. Hier, genauso wie in Libera."

Zwei Dinge spielten sich in Annas Kopf ab: Zum einen begriff sie wenig von dem, was diese merkwürdige Königin gerade alles erzählte. Zum anderen spürte sie, wie sie sauer wurde. Sie alle hatten eine beschwerliche Reise auf sich genommen, waren dem tödlichen Sprudelwasser entkommen, hatten sich um die Vitalier Sorgen gemacht – so widersprüchlich das auch war, denn diese hatten sie ausgetrickst – und jetzt wollte diese Möchtegernherrscherin irgendwelche Eintrittsgelder von ihr, als ob sie sich heimlich in ein Freibad geschlichen hatte.

„Okay, jetzt hör mir mal zu, du Karnevalskönigin", fuhr Anna auf. „Ich hab einiges durchgemacht, um hierher zu kommen. Ich suche meine Freunde, von denen ich nicht weiß, ob sie überhaupt noch am Leben sind, und du schwafelst irgendetwas von Eintrittsgeldern. Ich will sofort zu meinen Leuten."

Die Königin verzog verärgert das Gesicht, und die beiden Wachen, die Anna hergebracht hatten, kamen drohend auf sie zu. Doch mit einer herrischen Geste hielt die Königin sie zurück. Dann huschte so etwas wie ein Lächeln über ihr Gesicht.

„Du bist nicht auf den Mund gefallen, kleines Fräulein. Aber hier bist du in meinem Reich, und ich verlange Respekt. Deine Freunde arbeiten ihre Schuld ab, und das wirst du auch tun."

Trotz der Drohung fiel Anna ein Stein vom Herzen. Die Königin hatte von ihren Freunden gesprochen. Das bedeutete hoffentlich, dass Lisa, Finn, Opa Witt, Knut, Sara und Thomo am Leben waren. Und dann fiel ihr etwas ein. Sie griff in ihre Hosentasche und holte die goldene Inselmünze hervor, die Thomo ihr zum Abschied am Strand gegeben hatte, und warf sie der Königin zu, die sie zu Annas Überraschung geschickt auffing. Die Herrscherin betrachtete die Münze eingehend, drehte und wendete sie und biss dann zur Kontrolle sogar hinein, um zu prüfen, ob das weiche Gold nachgab.

„Die Münze ist echt, sie ist aber nicht genug", sagte sie, und es klang in Annas Ohren, in denen sie vor Wut ihr Blut rauschen hören konnte, beinahe hämisch. Annas Blick glitt über die vielen goldenen Gefäße, Schalen und Kannen auf den Tischen, mit denen sich die Königin dieses kleinen merkwürdigen Volkes anscheinend gern umgab. Und dann fasste das Mädchen einen tollkühnen, eigentlich idiotischen Plan, weil es nämlich gar keiner war. Jedenfalls kein durchdachter. Sie stürmte nach vorne, griff sich eine der goldenen Kannen und schleuderte sie mit voller Wucht der Königin an den Kopf.

„Nimm das, du Gierhals!" Im letzten Moment wich die Königin dem Geschoss aus, das hinter ihr durch die Palmenblätterwand splitterte. Aber auf den Tischen stand ja noch mehr Munition. Anna benutzte Schalen, Teller, Tassen, Gefäße und Vasen, um damit die beiden Wachen zu bombardieren. Während diese damit beschäftigt waren, sich schützend die Arme vor das Gesicht zu halten, stürmte Anna an der Königin vorbei in einen dahinterliegenden Raum, der ebenfalls mit einem Tuch abgetrennt war.

Es war eine wilde Spekulation, aber Anna hatte richtig getippt: Hier hatte die Königin ihr Schlafgemach, und es gab sogar ein offenes Fenster in dem Raum. Ohne viel nachzudenken, sprang Anna auf das königliche Bett und durch die Öffnung nach draußen. Womit sie nicht gerechnet hatte, war, dass hinter der königlichen Hütte ein Abhang begann. Sie fiel in einen Busch, aus dem protestierend und meckernd ein Dutzend bunter Papageien davonstob. Anna rollte weiter den Abhang hinunter, über Pflanzen hinweg, schrammte sich das Knie auf und landete in einem kleinen Bach.

Prustend rappelte sie sich auf und schaute sich um. Über ihr erschienen die Köpfe der beiden Wachen im Schlafzimmerfenster der Königin. Es war nur eine Frage der Zeit, bis sie die Verfolgung aufnehmen würden.

Anna sprang auf und rannte in den Dschungel. Blätter schlugen ihr ins Gesicht, Vögel flogen auf, und sie hatte das Gefühl, dass sie noch andere Tiere aufschreckte, von denen sie lieber nicht wissen wollte, worum es sich dabei genau handelte. Sie rannte immer weiter, bis ihr fast die Puste ausging.

Die Bäume lichteten sich, und sie stand vor einer etwa fußballfeldgroßen Grube. Mindestens 20 Moringas bearbeiteten mit Schaufeln und Hacken den kupferbraunen Boden.

„Anna!", hörte sie unerwartet Lisas Stimme. Und als sie genau hinsah, erkannte sie unter den Arbeitern Lisa, Finn und Thomo. Aber wo war Sara? Sie riss die Arme hoch und winkte ihnen.

Dass das ein Fehler war, erkannte sie, als eine Handvoll Bewaffneter auf sie zustürmte. Sie drehte sich um und sah, wie auf der anderen Seite die Wächter der Königin durch den Dschungel auf sie zugelaufen kamen. Anna hatte keine Wahl und floh in eine der beiden Richtungen, die ihr noch blieben. Sie kannte das Gelände nicht und fiel mehr als einmal über Wurzeln oder störrische Büsche. Immer wieder rappelte sie sich auf, doch der Abstand zu ihren Verfolgern wurde immer kleiner.

Sie rannte und rannte und rannte, bis ihr die Lunge brannte. Dann stand sie plötzlich vor einer etwa fünf Meter breiten tiefen Schlucht. Nur ein schmaler, umgestürzter Baum ermöglichte den Übergang.

Wie eine Seiltänzerin setzte sie vorsichtig einen Fuß vor den anderen und überquerte Schritt für Schritt die Schlucht. ‚Bloß nicht nach unten gucken', ermahnte sie sich selbst immer wieder.

Sie hatte das Ende des umgefallenen Baumes fast erreicht, als sich der Stamm auf einmal drehte. Sie verlor das Gleichgewicht und fiel, konnte sich aber mit den Händen an den Baumstamm klammern. Ihre Verfolger drehten am Stamm! Anna verlor den Halt. Schreiend fiel sie in die Tiefe. Sie ruderte mit den Armen und bekam etwas zu fassen. Ihr Flug wurde unterbrochen. Sie hing an einer Wurzel oder Liane an der Wand der Schlucht.

Ängstlich blickte sie nach oben, wo ihre Verfolger Pfeil und Bogen spannten. Mittlerweile war der Rand der Schlucht voll von ihnen. Was sollte sie tun? Wenn sie losließ, fiel sie in die Tiefe. Wenn sie sich weiter festhielt, bot sie ein willkommenes Ziel für ihre Verfolger. Doch gerade, als einer der Wächter den Bogen anlegte, geschah etwas Merkwürdiges. Als ob jemand einen Stecker gezogen hatte, fiel der Bogenschütze um und blieb reglos liegen. Verwundert blickten sich die anderen Schützen um, aber es nützte nichts. Einer nach dem anderen brach zusammen.

Anna hatte keine Zeit, sich darüber zu freuen, denn im nächsten Moment landete ein dickes Seil neben ihr an der Wand der Schlucht. Ohne nachzudenken, packte sie es und wurde gleich darauf nach oben gezogen. Dort griffen mehrere Hände nach ihr und hielten ihr den Mund zu. Sie war umgeben von Mädchen und Jungen etwa in ihrem Alter. Alle hatten diese üppige Lockenpracht und die sonnengebräunte Haut. Einer der Jungs mit einem Blasrohr in der Hand trat auf sie zu, hielt sich den Finger an die Lippen und bedeutete ihr, still zu sein.

12

Gefahr im Dschungel

Die Holzpfähle steckten tiefer im Sand, als Lukas gedacht hatte. Wie auch immer es Blackbeard geschafft hatte, sie über einen Meter tief in den Boden zu rammen – er hatte ganze Arbeit geleistet. Dafür war der Sand pulverfein und ließ sich gut wegschaufeln.

Nach etwa zwei Stunden war Lukas am Ende der Holzstämme angekommen, dann hörte er Schritte, die sich von draußen der Gefängnishütte näherten, und schob schnell die Bambusliege vor das Loch.

Ein Schlüssel rührte metallisch im Schloss umher, die Tür flog auf, und mürrisch stellte Blackbeard ihm sein Mittagessen auf den Tisch: Brot, Bohnen und eine exotisch aussehende Frucht, die Lukas unter anderen Umständen eher als Kaktus eingestuft hätte.

„Deine Freunde sind bei den Moringas in der Goldmine und schuften für die Königin. Und ein Mädel ist doch tatsächlich geflohen. So eine mit dunklen glatten Haaren. Weißt du, wen ich meine?"

Lukas musste lächeln. Er hatte zwar keine Ahnung, wer die Moringas sein sollten, aber der Beschreibung nach konnte es nur Anna sein, die da geflohen war.

„Aha", grinste Blackbeard. „Du kennst sie also. Schade. Denn lange wird sie im Dschungel nicht überleben, wenn ihr keiner hilft", sagte er und sah sich nach einer Sitzgelegenheit um.

„Nanu, hab ich dir keinen Stuhl hiergelassen? Na, ich bin ja kein Unmensch."

Mit diesen Worten ging er nach draußen und kam kurze Zeit später mit einem neuen Stuhl wieder, auf den er sich Lukas gegenübersetzte. Er hatte eine Flasche in der Hand, aus der er einen großen Schluck nahm, und Lukas musste die Augen schließen, so stark war die Rumfahne, die ihm entgegenschlug. Seine

Mutter benutzte Rum höchstens zum Kuchenbacken. Was fanden Erwachsene bloß an Alkohol so toll?

Blackbeard lehnte sich bequem zurück und stützte sich mit den Armen am Tisch hinter ihm ab. Er schien in Plauderlaune zu sein.

„Die Moringas sind nicht zimperlich mit Eindringlingen. Mich lassen sie in Ruhe, weil ich sie an den Einnahmen aus meinem kleinen Rumverkauf teilhaben lasse."

Er machte eine Pause und schüttelte den Kopf. „Geld, immer nur Geld. Das hat uns schon in eurer Welt auseinandergebracht, und hier geht es nun weiter. Libera!" Er sprach das Wort aus wie einen Fluch. „Aber jetzt haben wir ja zwei Schiffe. Damit kann man schon was anstellen. Morgen machen wir den Küstenwolf wieder fit, und du wirst mir dabei helfen."

Pflichtschuldig nickte Lukas, was Blackbeard zufrieden zur Kenntnis nahm.

„Na also, geht doch."

Und mit diesen Worten verließ er Lukas' Zelle, warf die Tür hinter sich scheppernd zu und schloss zweimal ab.

Lukas wartete noch einen Moment, dann schob er das Bett zur Seite und grub weiter. Zwei Stunden später hatte er unter den Pfählen genug beiseite geschaufelt, um den Sand auf der anderen Seite abzutragen, der ihm entgegensackte. Eine weitere Stunde später konnte er durch die Öffnung nach draußen klettern. Er hatte sich etwas von seiner Mittagsration in den Bezug seines Kopfkissens gesteckt. Vor dem Fort fand er alte Seile, aus denen er sich mit Seemannsknoten zwei Trageriemen improvisierte, sodass er sein Essen wie in einem Rucksack transportieren konnte. Lukas lauschte an der Pforte der Hütte, aber von drinnen drang nur lautes Schnarchen nach draußen. Blackbeard schlief seinen Rumrausch aus. Struwwel winselte im Hof und schien Lukas zu vermissen. Leise trat Lukas zurück, ließ das Fort hinter sich und begab sich in den Dschungel, bevor seine Flucht entdeckt wurde.

Es war mittleerweile später Nachmittag. Lukas wusste, dass er vor Einbruch der Dunkelheit irgendeinen Unterschlupf gefunden haben musste. Die bunten Papageien, die ab und zu aus den Baumwipfeln aufflogen, mochten harmlos sein, aber in diesem Urwald lauerten bestimmt auch unangenehmere Zeitgenossen. Er orientierte sich grob an der Sonne und lief Richtung Norden. In seiner Erinnerung war auf der Karte im Norden eine Siedlung oder Stadt eingezeichnet gewesen. Er hoffte, mehr über den Verbleib seiner Freunde zu erfahren, wusste aber auch nicht, wie man ihn dort empfangen würde.

Und dann waren da ja noch diese Moringas. Wer oder was das auch immer sein sollte. Aber wahrscheinlich trieben die sich auch hier irgendwo herum, denn wenn Blackbeard von ihnen und Anna erfahren hatte, konnte sich ihre Flucht nicht weit entfernt abgespielt haben.

Mit diesen vagen Vermutungen stapfte Lukas durch das grüne Dickicht, dessen kräftige Farben unter Urlaubsbedingungen sehr schön gewesen wären. An einigen Sträuchern hingen bunte Früchte, aber Lukas hatte keine Ahnung, ob sie vielleicht giftig waren. Ab und zu raschelte es irgendwo, aber nie bekam er irgendein Lebewesen außer bunten Vögeln zu Gesicht.

Es ging bergauf. Erst sachte, dann immer steiler. Durch die dichten Baumkronen war kein Gipfel zu sehen. Lukas begann zu schwitzen. Es war sowieso heiß und feucht wie in einer Waschküche. Sein T-Shirt war bald klatschnass, und er merkte, wie das Licht abnahm. Seine wasserdichte Uhr zeigte neun Uhr abends an. Spätestens in einer Stunde würde es dunkel sein. Er blickte sich um. Hier gab es keine Höhle, die Schutz bot. Notfalls würde er sich nachts an einem dicken Stamm auf einem Baum festbinden. Er hatte mal irgendwo gelesen, dass das Überlebenskünstler machten, um vor wilden Tieren sicher zu sein. Es funktionierte aber nur, wenn die wilden Tiere nicht auf Bäume klettern konnten.

Er entschloss sich, noch eine Viertelstunde weiter bergauf zu gehen. Tatsächlich veränderte sich die Szenerie nach ein paar Minuten. Die Bäume wurden weniger, der Himmel wurde wieder sichtbar, und schließlich erschien vor ihm ein kleines Plateau. Es war nicht der Gipfel, aber die Lichtung erlaubte einen Ausblick auf die Südküste der Insel. Ein paar Steine lagen in der Mitte der Lichtung. Lukas ging hinüber und schaute sich um. Er konnte den

Strandabschnitt mit den aufgelaufenen Schiffen sehen und das Meer. Hungrig griff er in seinen selbst gebastelten Rucksack und biss in das Brot, das er mitgenommen hatte. Ein Stück brach ab und fiel zu Boden. Als er es aufheben wollte, entdeckte er die zweigeteilte Inschrift auf einem Stein und traute seinen Augen nicht:

Er musste die Inschrift mehrmals lesen, um zu verstehen, was sie womöglich bedeutete. Viel Zeit blieb ihm nicht, denn es raschelte hinter ihm unnatürlich laut im Unterholz, und dann brach eine Gestalt durch einen Busch und lief direkt auf ihn zu.

„Sara?"

Doch während er sein Glück gar nicht fassen konnte, schien Sara nicht im Mindesten überrascht, ihn hier zu sehen. Sie hielt sich nicht mit Begrüßungsformeln auf, sondern zerrte ihn mit sich.

„Sehr unauffällig, sich hier mitten auf die Lichtung von Störtebekers Grab zu setzen!", zischte sie ihm ins Ohr, als ob jemand sie hören konnte, der das nicht sollte.

„Du lebst!", freute sich Lukas.

„Dank dir wahrscheinlich nicht mehr lange." Sara drückte ihn hinter einem Busch zu Boden und hielt ihm den Mund zu. Stumm deutete sie auf die Lichtung, auf der jetzt ein Trupp Bewaffneter erschien. Die Männer hatten Pfeil und Bogen um ihre nackten Oberkörper geschlungen. Einer von ihnen hob vor der Grabstelle ein paar Brotreste auf, die Lukas bei der hastigen Flucht hatte fallen lassen, und blickte sich suchend um. Lukas und Sara duckten sich.
„Wer sind denn diese Komiker?", flüsterte er.
„Glaub mir, das sind keine Spaßvögel."
Auf der Lichtung teilten sich die Krieger nun sternförmig auf. Einer der Bogenschützen kam genau auf ihren Busch zu.
„Scheiße!", fluchte Sara leise und duckte sich noch tiefer ins Unterholz. Sich misstrauisch umsehend, näherte sich der Moringakrieger dem Waldrand. Mit einem Kopfnicken bedeutete Sara Lukas, sich weiter in den Dschungel zurückzuziehen.
Wie Alligatoren krochen sie langsam auf dem Boden rückwärts. Doch der Bogenschütze kam immer näher, ohne zu wissen, dass sie sich hier versteckten. Da kam Lukas eine Idee. Er bedeutete Sara, kurz anzuhalten, hob eine der kaktusartigen Früchte vom Boden auf, wie sie ihm Blackbeard zum Mittagessen serviert hatte, und warf sie in hohem Bogen in ein Gebüsch, das etwa 15 Meter entfernt von ihnen am Waldrand wuchs. Als die Frucht durch die Blätter fiel und auf dem Waldboden aufschlug, drehte sich der Moringakrieger sofort danach um. Er griff sich seinen Bogen, spannte ihn und lief schussbereit auf die Stelle zu, von der das Geräusch gekommen war.
Lukas blickte Sara triumphierend an und reckte den Daumen. Langsam setzten sie ihre Rückwärtsbewegung fort. Und wahrscheinlich wäre alles gut gegangen mit ihrem Ablenkungsmanöver, wenn Lukas nicht auf einen trockenen Zweig getreten wäre, der mit lautem Knacken unter seiner Fußspitze zerbrach. Sofort drehte sich der Krieger in ihre Richtung und schien begriffen zu haben, dass er ausgetrickst worden war. Den Bogen im Anschlag, rannte er zurück auf die Büsche zu, hinter denen Sara und Lukas einen Moment wie erstarrt

verharrten. Dann setzte jedes strategische Denken aus, und beide dachten nur noch an Flucht. Sie sprangen auf, was den Krieger für den Bruchteil einer Sekunde so überraschte, dass er wie angewurzelt stehenblieb, aber dann legte er an, und ein Pfeil surrte dicht an Lukas' Ohr vorbei.

Ohne sich umzusehen, liefen sie panisch den dicht bewaldeten Berg hinauf. Ein merkwürdiges Pfeifen erscholl hinter ihnen. Wie eine Melodie. Lukas riskierte einen Blick über die Schulter und sah, wie die übrigen Krieger über die Lichtung gelaufen kamen und sich dem Verfolger anschlossen.

„Hat nicht ganz geklappt, der Plan", keuchte Lukas.

„War schön, dich kennengelernt zu haben", antwortete Sara. Und dann sagte sie einen Satz, den Lukas lange im Gedächtnis behalten sollte. „Ich dachte ja, es könnte vielleicht mehr daraus werden, wenn du auf der Insel bist."

„Warum hast du das nicht früher gesagt?", fragte Lukas ärgerlich und konnte nicht wissen, dass nun Sara diesen Satz lange im Gedächtnis behalten sollte.

„Schlechtes Timing", antwortete sie knapp, als plötzlich hinter ihnen ein lautes Geschrei ertönte. Lukas drehte sich erneut im Laufen um und traute seinen Augen nicht: Ihr Verfolger baumelte kopfüber von einer Palme. Er schwang zwischen den Bäumen hin und her und knallte immer wieder gegen Äste und Baumstämme. Im nächsten Moment verschwand einer der anderen Moringakrieger im Waldboden, als sei er in einen Schlund gefallen, und tauchte nicht mehr auf.

Lukas und Sara waren kurz stehen geblieben und holten Luft. Ihre drei übrigen Verfolger hielten jedoch nur einen Moment inne, bis sie die Jagd umso energischer fortsetzten. Es blieb den beiden nichts anderes übrig, als weiter den Berg hinaufzufliehen. Lukas spürte, wie er ans Ende seiner Kräfte kam. Diese verdammte Steigung hinaufzulaufen, war extrem anstrengend. Auch Sara, von der er wusste, dass sie eine starke Kondition hatte, atmete schwer neben ihm. Ein spitzer Schrei hinter ihnen brachte sie dazu, sich noch einmal umzudrehen. So sahen sie, wie zwei ihrer Verfolger in einem Netz vom Boden hochgezogen wurden und in einem Baumwipfel verschwanden.

Der letzte der Krieger schien dummerweise auch der sportlichste zu sein. Geschickt sprang er über Hindernisse und wirkte dabei so locker und unangestrengt wie eine junge Antilope. Dazu kam, dass er ein ausgezeichneter Bogenschütze war, denn selbst im Lauf verschoss er einen weiteren Pfeil, der zwischen Lukas und Sara hindurchflog. Und als ob es nicht schon schlimm genug war, dass sie immer langsamer wurden, während ihr Verfolger überhaupt keine Ermüdungserscheinungen zeigte, tauchte vor ihnen überraschend eine baumhohe hölzerne Absperrung auf. Irgendjemand hatte den dahinterliegenden Teil des Berges, der zum Gipfel führte, mit riesigen Pfählen umzäunt. Sie konnten nur zur Seite ausweichen. Aber dazu kam es nicht, denn auf einmal hörten sie ein Fauchen, das nicht menschlicher Herkunft war. Lukas jagte ein Schauer über den Rücken, als er sah, was es verursacht hatte. Aus dem Unterholz schoss etwas hervor, das wie eine riesige Wildkatze aussah, und riss den Moringakrieger zu Boden. „Ist das ein Löwe?", fragte Lukas.
„Oder ein Puma. Jedenfalls ein Vierbeiner, der sehr großen Hunger hat."
„Und viele spitze Zähne", ergänzte Lukas, als er sah, wie die Wildkatze nach dem Krieger schnappte, der ihr zur Abwehr verzweifelt seinen Bogen ins Maul stopfte, der allerdings zerbrach wie ein dünner Strohhalm. Es war vollkommen klar, dass es hier bald zu einer sehr blutigen Szene kommen würde, denn gegen das gewaltige wilde Tier hatte ein Mensch keine Chance. Der Krieger schrie vor Angst, als ein Schuss ertönte und eine schwarze Pulverwolke Krieger und Wildkatze einhüllte.
Sie hörten den Bogenschützen keuchen und husten, aber was noch viel merkwürdiger war – und was Lukas tatsächlich noch nie gesehen hatte –, war ein Raubtier, das einen Nies- und Hustenanfall hatte. Merkwürdig zuckend, als habe sie in eine Steckdose gefasst, bäumte sich die Katze immer wieder auf, schnaufte und keuchte und schien irgendetwas ausspucken zu wollen, das sich in ihrem Rachen verfangen hatte. Ein zweiter Schuss ertönte, die schwarze Pulverwolke wurde dichter, und diesmal schien die Katze wirklich genug zu haben, denn sie floh hustend und röchelnd zurück in den Dschungel.

Hatte er eben noch in Todesangst hinter einem Baum gekauert, stürmte ihr Verfolger nun mit wütendem Geschrei aus seinem Versteck auf sie zu. Da flog ein Säbel durch die Luft. Surrend schlug er in eine Palme ein und stoppte den Lauf des Kriegers, der mit voller Wucht gegen die flache Schneide lief und sich den Kopf stieß. Benommen lag er am Boden, betastete seine Stirn und wollte wieder aufstehen, als ein weiterer Säbel zischend genau zwischen seinen Beinen landete. Es folgten zehn Messer, die um ihn herum im Boden aufkamen und die unmissverständliche Botschaft aussandten, er solle sich besser nicht von der Stelle rühren.

Mit aufgerissenen Augen blickte der Krieger sich um und fixierte Sara und Lukas. Dann hörte Lukas, wie etwas Großes durch die Blätter brach. Eine massige Gestalt, bis an die Zähne bewaffnet mit Dolchen und Musketen und mit einem Hund auf dem Rücken, seilte sich von oben ab und landete genau zwischen Lukas, Sara und ihrem Verfolger. Und noch bevor der Unbekannte sich umdrehte, erkannte Lukas ihn an seinem Dreispitzhut und an Struwwel.

„Wie schön, dass wir uns noch einmal sehen", raunte Blackbeard, und zumindest Struwwel schien das ehrlich zu empfinden und wedelte mit dem Schwanz. „Beinahe hätte euch die Bergkatze aufgefressen. An dem Moringa hier ist ja nicht viel dran", grinste er und fesselte den Krieger an den Baum.

„Ihr könnt von Glück sagen, dass ich meine Pfefferbüchse dabei hatte." Er wies auf eine Muskete, deren Vorderlauf sich trichterförmig auseinanderbog wie bei einer Trompete.

„Willst du mich deiner zauberhaften Begleitung nicht vorstellen?", fragte Blackbeard und ignorierte die ungläubigen Blicke von Sara und Lukas, die fasziniert das merkwürdige Gewehr betrachteten. Lukas fing sich als Erster wieder und eröffnete die Vorstellungsrunde

„Sara Michels, darf ich vorstellen: Captain Blackbeard. Blackbeard, Sara Michels."

„Oho!" Ein gespieltes Erstaunen huschte über das Gesicht des Piraten. „Da haben wir ja richtig prominenten Besuch auf unserer kleinen Insel. Eine

Nachfahrin von Gödecke Michels, nehme ich an. Auch im Süden an der Insel gestrandet wie alle Idioten. Von euch hätte ich mehr Grips erwartet."

„Ich wollte die Karte aus Kiel holen, aber die Erwachsenen wollten Zeit sparen", verteidigte sich Sara trotzig.

Bei der Erwähnung der Stadt Kiel zuckte Blackbeard kurz zusammen, fing sich dann aber wieder. „Lass mich raten: Ihr hattet ‚Berater', die euch zu dem Kurs verleitet haben. Komischerweise sind die dann aber vor dem Höllenschlund – oder wie unser Freund Lukas sagen würde: vor dem ‚Sprudelwasser' – verschwunden, stimmt's?"

Sara schwieg bockig, aber allen war klar, dass es genauso gewesen sein musste.

Lukas fielen die beiden merkwürdig gekleideten Gestalten auf dem kleinen Segelboot ein, das den Schiffen der Vitalier vorausgefahren war. Die Vitalier hatten also tatsächlich darauf vertraut, dass jemand ihnen den richtigen Kurs verrät. Ein fataler Fehler.

Blackbeard spuckte aus. „Verfluchtes Libera!", raunte er. „Leute absichtlich ins Verderben führen. So etwas gab es zu meiner Zeit nicht."

Lukas wollte Sara aufmuntern: „Hey, wir hatten die Karte zwar, sind aber auch fast untergegangen. Also war es letztendlich egal."

Hinter ihnen pfiff der Moringakrieger auf einmal eine Melodie, die hinter dem Holzwall Bewegung verursachte. Ein Klopfen und Hämmern erscholl auf der anderen Seite der Wand. Aus verschiedenen Entfernungen ertönten weitere Pfiffe.

Blackbeard verdrehte genervt die Augen. „Die mit ihrer dämlichen Pfeifensprache", stöhnte er genervt auf und richtete seine Pfefferbüchse auf den Moringa, der daraufhin sofort mit seinem Gepfeife aufhörte. „Ich hätte mir ja gerne etwas mehr Zeit mit euch genommen, aber unter diesen Umständen", sagte er, drehte sich wieder zu den beiden um und zog zu Lukas' Entsetzen einen Säbel aus seinem Gürtel, „müssen wir es kurz machen."

Sara und Lukas wichen zurück, doch überraschenderweise reichte Blackbeard ihnen den Säbel mit dem Griff voran und wandte sich an Sara.

„Ich nehme an, du kannst damit umgehen, junges Fräulein."
Zögernd griff Sara nach dem Säbel, doch Blackbeard zog ihn zurück.
„Und du scheinst sehr gut mit Seilen umgehen zu können", wandte er sich an Lukas und warf ihm einen Beutel mit Leinen in verschiedenen Stärken zu.
„Hört zu", sagte er dann mit ernster Stimme. „Versucht auf die andere Seite des Berges zu gelangen. Dort werdet ihr Anna und Kirimba treffen."
„Kirimba?", fragte Lukas, der überhaupt nichts verstand.
„Annas neuer Freund, wenn du es genau wissen willst", grinste Blackbeard.
Hinter ihnen bewegte sich plötzlich die Holzwand. Schnell warf Blackbeard Sara den Säbel zu, die ihn geschickt am Griff auffing.
„Wenn ihr all eure Freunde zusammen habt, schlagt euch nach Libera durch. Dort werden eure erwachsenen Begleiter gefangen gehalten", erklärte er. „Wir treffen uns dort in ein paar Tagen im Totenschädel."
Lukas schaute Sara fragend an. „Totenschädel?"
„Das findet ihr alles raus. Ihr Vitalier und Küstenwölfe seid ja nicht dumm. Aber unter keinen Umständen geht ihr auf den Berggipfel, verstanden? Das ist das Heiligtum der Moringas. Kein Fremder kommt da lebend wieder zurück", warnte Blackbeard und wandte sich zum Gehen.
„Wie sollen wir Anna und diesen Kirimba denn finden?"
Amüsiert schüttelte Blackbeard den Kopf und legte eine Hand auf Lukas Schulter.
„Ihr werdet sie nicht finden. Sie werden ***euch*** finden." Mit diesen Worten hielt er sich an einem Seil fest, hieb mit seinem Säbel ein zweites entzwei, wurde mitsamt Struwwel in die Höhe gezogen und verschwand in dem Baumwipfel, aus dem ein Sack als Gegengewicht heruntersauste. Als dieser auf dem Boden aufkam, sahen sie, dass Blackbeard ihnen auch noch Proviant hinterlassen hatte.

13

Das Geheimnis der Moringas

Sie liefen im Dauerlauf entlang des Holzwalls, der mit gruseligen Bildern von Monstern übersät war. Bald wurden die Rufe und Pfeifmelodien der Moringas weniger und verstummten schließlich ganz. Aber es würde nicht lange dauern, bis sie die Verfolgung wieder aufnehmen und sie jagen würden. Sie waren keinesfalls in Sicherheit.

Lukas schwirrte noch immer der Kopf. Worum ging es hier eigentlich? Erst hatte Blackbeard ihn gefangen genommen, jetzt half er ihnen bei der Flucht. Woher wusste er, dass Anna sich mit diesem Kirimba zusammengetan hatte? Wer war dieser Typ überhaupt? Und wo war Sara eigentlich so unerwartet hergekommen?

„Was war das für eine Goldmine, in der du mit den anderen arbeiten musstest?", fragte Lukas keuchend in der Hoffnung, etwas Licht ins Dunkle bringen zu können.

„Keine Ahnung", antwortete Sara. „Als ich aufwachte, lag ich in einer Bambushütte. Dann wurden wir alle zu so einer Art Königin geschleppt, die irgendwelche Eintrittsgelder von uns wollte, damit wir auf der Insel bleiben durften. Von den Goldmünzen hatte ich keine mehr. Die letzte hatte ich dir gegeben. Dann hieß es auf einmal, wir müssten unsere Schuld abarbeiten. Wir haben in der Mine geschuftet. Nach zwei Tagen habe ich es nachts geschafft, aus einer der bewachten Bambushütten zu entkommen. Das haben die aber gemerkt und mich verfolgt. Ich bin den ganzen Tag durch den Dschungel gelaufen, bis ich dich auf der Lichtung gefunden habe."

„Glaubst du, dass dort wirklich das Grab von Klaus Störtebeker liegt?"

Sara blieb stehen, um Luft zu holen. Sie waren beide völlig außer Atem.

„Weißt du eigentlich überhaupt irgendetwas über die geheime Insel?“, fragte Sara genervt.
„Nur, dass es sie gibt, sie durch eine Reihe von Naturphänomenen fast unsichtbar ist und ein paar wirklich sehr merkwürdige Typen auf ihr wohnen.“
„Die Insel Libera ist eines der bestgehüteten Geheimnisse der Ostsee. Laut einer Legende, die nur bruchstückhaft auf wenigen Pergamenten erhalten ist, war sie der geheime Rückzugsort von Klaus Störtebeker.“
Lukas musste an das sehr alte Papier denken, das sie letzten Sommer bei Sverre, Knuts Bruder, in dessen Bibliothek der Ostsee gefunden hatte. Da hatte es geheißen:

> „Zwei Frauen, die schauen für ewig aufs Meer, mit Augen wie Perlen, die sehen das Eiland derer, die nicht zu entzweien. Zwei Schiffe sind zu finden, zu einen, die sich winden und die Zeit geuden hin im Streit, drum ist das erste Ziel der richt'ge Kiel.“

„Ich sehe, du erinnerst dich“, sagte Sara. „Die Perlen haben euch ja dann wie ein Navi zu eurem Schiff geführt, dem Küstenwolf. Und ja, hier ist Störtebekers wahres Grab. Er ist hier gestorben und nicht in Hamburg. Das ist eine erfundene Geschichte, um von der Insel abzulenken, denn auf dieser Insel soll der größte Schatz aller Zeiten liegen.“
„Schon wieder Gold?“, fragte Lukas enttäuscht.
Sara lachte auf. „Nein, Gold scheint es hier zwar zu geben, aber deswegen ist die Insel nicht so gut bewacht.“
„Worum geht es dann?“
„Aber das ist doch ganz klar“, seufzte Sara. „Der größte Schatz ist …“, begann sie, verstummte aber, als sie ihren Blick nach vorn richtete.
Lukas folgt ihm, dann sah er es auch: Etwa fünfzig Meter vor ihnen war ein großer Baum auf die Holzmauer gestürzt und hatte sie auf einer Länge von etwa zwei Metern eingerissen.

„Komm, das schauen wir uns an", sagte Sara.
Vorsichtig näherten sie sich der Stelle.
Der Baum hatte ganze Arbeit geleistet. Was sonst vieler Hände Arbeit bedurft und mehrere Tage gedauert hätte, hatte er durch sein Gewicht in wenigen Sekunden vollbracht. Der Holzwall war eingedrückt worden, als sei er aus Pappe gewesen.
Dahinter war allerdings zu Lukas' Enttäuschung nichts Besonderes zu sehen. Der Dschungel ging einfach weiter, und der Gipfel war nicht auszumachen.
Sara balancierte auf dem umgestürzten Baumstamm in die verbotene Zone hinein.
„Komm da weg. Lass uns weitergehen!", drängte Lukas. „Blackbeard hat doch gesagt, wir sollen nicht hinter die Wand."
„Ach, machst du jetzt alles, was irgendwelche Suffnasen mit Dreispitzhut dir sagen?", fragte sie provokant.
„Vielleicht ist er okay. Ich meine, immerhin hat er uns vor diesen Typen gerettet."
„Das heißt doch gar nichts", wies Sara ihn mit tadelndem Blick zurecht. „Hier scheint jeder seinen eigenen Plan zu haben. Was der von Blackbeard ist, weiß ich nicht. Mein Plan ist, Thomo und meine Eltern zu befreien."
„Schön, dass in deiner Aufzählung Lisa, Finn, Opa Witt und Knut überhaupt nicht vorkommen", grummelte Lukas.
„Für die bist du zuständig."
Lukas wurde langsam richtig sauer. „Meinst du nicht, wir sollten uns gegenseitig helfen?"
„Vielleicht", kam es gelangweilt von Sara, und damit hüpfte sie vom Baumstamm und stolzierte davon.
Jetzt platzte Lukas der Kragen. Mit ein paar Sätzen war er hinter ihr, riss sie herum und drückte sie mit dem Rücken an einen Baum.
„Mir reicht es mit dieser hinterhältigen Vitalier-Mentalität: Immer nur auf den eigenen Vorteil aus sein, andere hintergehen und im Stich lassen."

Sara lachte ihm ins Gesicht.
„Und hör auf so blöd zu lachen", rief Lukas. Sara hielt ihm den Mund zu.
„Mam, mör auff mamit!", protestierte Lukas.
„Du Blödmann, ich wollte dich doch nur ein bisschen auf die Palme bringen. Natürlich machen wir das zusammen. Alleine hat hier keiner eine Chance."
Mit diesen Worten nahm sie die Hand von seinem Mund.
„Gut, dass wir das geklärt haben" sagte Lukas, ließ von ihr ab und merkte erst jetzt, dass Sara ihn ein ganzes Stück von dem Loch in der Holzmauer weggelockt hatte. Aber das war nicht das Einzige, was er sah. Er zuckte zusammen.
„Hat dich was gebissen?", fragte Sara und runzelte die Stirn.
Diesmal war es Lukas, der Sara den Mund zuhielt und ihren Kopf langsam in Richtung der Mauer aus Holzpfählen drehte. Dort hatten sich etwa zwei Dutzend Moringas um die Stelle des eingedrückten Schutzwalls versammelt, um den umgestürzten Baum wegzuschaffen. Auch wenn diese Gruppe eher der Waldarbeitertrupp war und nicht zu ihren Verfolgern gehörte, konnten sie jetzt nicht mehr zurück. Es blieb ihnen nur die Flucht nach vorn.
Geduckt schlichen sie weiter den Berg hinauf und ließen den Wall hinter sich. Der Urwald wurde jetzt wieder dichter. Merkwürdige Zeichen, eingeritzt in Baumstämme, schienen vor irgendetwas zu warnen. Grausige Kreaturen mit spitzen Zähnen waren auf den Stämmen und dem Holzwall abgebildet.
„Irgendwie habe ich das Gefühl, dass wir uns in einer Art gefährlichem Sperrgebiet befinden", keuchte Lukas.
„Dann geh doch zurück, wenn du Angst hast."
Mühsam schluckte Lukas seine Wut herunter. Sara schaffte es immer wieder, ihn so richtig sauer zu machen.
Die Büsche wurden fast undurchdringlich. Sara benutzte den Säbel, um ihnen einen Weg durch das Gestrüpp zu bahnen. Hier schwirrten einige sehr aggressive Stechmücken herum, wie sie beide feststellen mussten, und nach kurzer Zeit waren ihre Arme und Beine übersät mit roten Punkten.

Es gab auch ein paar dornige Sträucher, deren gummiartige Äste sich schmerzhaft um ihre Füße wickelten, wenn sie sie passierten. Außerdem raschelte es immerzu irgendwo. Und nach den Geräuschen zu urteilen, musste es sich teilweise um größere Tiere handeln, die da Reißaus nahmen. So einer großen Raubkatze wollte Lukas nun wirklich nicht noch einmal begegnen, zumal sie Blackbeards Pfefferbüchse nicht dabeihatten.

Und dann, nach vielen Dornen, Stichen und ängstlichem Umherschauen, hatten sie ihn erreicht: Vor ihnen lag der verbotene Gipfel. Aber was sie dort fanden, hätten sie niemals erwartet: Aufgebockt auf Pfählen und von allen Seiten gestützt, stand da ein gigantisches Schiff aus Holz. Es war ungefähr dreimal so groß wie der Dreimaster von Stine.

„Ist das ein Schiff? Hier auf dem Berg?", fragte Lukas ungläubig. „Sind die hier total verrückt?"

Sara schüttelte den Kopf. „Nein. Das ist kein Schiff. Das ist eine Arche."

Während Lukas noch über die Bedeutung ihrer Worte nachdachte, hörten sie beide, wie hinter ihnen in einiger Entfernung das Unterholz laut knackte. Durch die dichten Blätter erkannten sie Krieger der Moringas, und als sie sich wieder dem Schiff zuwenden wollten, standen vor ihnen ebenfalls Moringas. Der einzige Unterschied zu ihren Verfolgern war, dass die Gruppe vor ihnen etwa in ihrem Alter war. Plötzlich teilte sich die Menge. Lukas traute seinen Augen nicht. „Anna?"

Doch seine Freude schien recht einseitig zu sein. Wortlos trat Anna auf ihn zu, warf einen bösen Blick auf Sara und verpasste ihm eine saftige Ohrfeige.

„Blackbeard hat sich doch klar ausgedrückt, oder?", zischte sie. „Nicht auf den Gipfel gehen! Was ist denn daran so schwer zu verstehen? Jetzt sind wir alle in Gefahr."

„Ihr seid doch auch hier", entgegnete Lukas, der weder die Ohrfeige verstand noch den Hinweis, Blackbeards Warnung ignoriert zu haben, denn offensichtlich hielten sich Anna und ihre neuen Freunde auch nicht daran.

Das Rascheln von Büschen, die zur Seite gedrückt wurden, und die Rufe und Pfeifmelodien hinter ihnen bestätigten allerdings, wie gefährlich dieser Ort hier war.
Einer der jungen Moringas trat nach vorn. Lukas wusste instinktiv, dass es sich um Kirimba handeln musste. „Folgt uns!"

* * *

Das Merkwürdigste an diesem Schiff, oder der Arche, wie Sara es nannte, war das Material, aus dem es bestand. Nicht Holz oder Eisen waren hier verwendet worden, sondern eine Art geflochtene Palmblätter, die mit irgendetwas getränkt worden waren, um sie haltbar und wasserdicht zu machen.
Durch die Verarbeitung waren die grünen Palmenblätter gelb geworden. So kam es, dass das ganze Schiff in weizengelber Farbe leuchtete. An einigen Stellen sah Lukas, dass die Blätter um Bambusstämme gewickelt und anschließend übereinandergeschichtet worden waren.
Das Innere war genauso riesig, wie man von außen vermuten konnte. Gleich einem Ozeanriesen gab es Säle, die wohl zum gemeinsamen Aufenthalt und für Mahlzeiten gedacht waren. Auf der mittleren der drei Ebenen, die man durch eine Öffnung von außen über eine Leiter betreten konnte, gab es Kabinen an beiden Seiten des Schiffes. Einige waren recht klein, in anderen wiederum konnte eine ganze Großfamilie unterkommen. Lukas schätzte im Vorbeilaufen die Zahl der Kabinen auf mehr als 40. Über 100 Menschen hatten hier also Platz. Durch offene Klappen konnte man auf der untersten Ebene Vorräte erkennen. In allen möglichen Gefäßen, Säcken, Tonnen und Regalen waren Lebensmittel aller Art verstaut. Die vielen frischen Früchte verrieten, dass der Bestand an Vorräten immer wieder erneuert wurde. So, als ob ihre Konstrukteure damit rechneten, jederzeit das Schiff besteigen zu müssen.
Über Strickleitern und kunstvoll gewundene Wendeltreppen gelangten sie auf die dritte Ebene gleich unter dem Oberdeck, auf der die großen Säle

mit einigen Feuerstellen und Handwerksgeräten untergebracht waren. Offensichtlich sollte hier gekocht, gegessen und gearbeitet werden.

Kaum waren sie im Speisesaal angekommen, hörten sie, wie auf der Ebene unter ihnen ihre Verfolger begannen, das Schiff zu durchsuchen. Kirimba und die anderen zeigten jedoch keinerlei Anzeichen von Nervosität. Sie erklommen einfach die Basttische und hängten sich unter die Decke des Speisesaales wie Spinnen auf der Lauer. Sie bedeuteten Lukas, Anna und Sara, es ihnen gleich zu tun. Sie krallten sie sich mit den Händen in das Blätterwerk der Palmenstängel und verharrten reglos, während unter ihnen am Eingang ihre Verfolger erschienen, einen kurzen Blick in den Saal warfen und weiter an Deck stürmten.

Gedämpft hörte Lukas, wie oben angeregt diskutiert wurde. Ihm rann der Schweiß über das Gesicht. Nie hätte er gedacht, wie anstrengend es war, sein eigenes Körpergewicht zu halten, während man sich mit Händen und Füßen am Flechtwerk der Decke festhielt. Wie machten das Spinnen, dass sie stundenlang kopfüber an einer Decke kleben konnten?

Er blickte hinüber zu Anna, deren Beine anfingen zu zittern. Geschickt schwang sich Kirimba zu ihr herüber und stützte sie, als sei er ein Korb, in den sie sich einfach nur rücklings fallen lassen musste. Eng umklammert hingen sie beide unter der Decke, und Lukas konnte nichts dagegen tun, dass er auf einmal wahnsinnig eifersüchtig wurde.

Die Diskussionen ihrer Verfolger an Deck beruhigten sich wieder. Dann hörten sie, wie nackte Füße über die geflochtenen Treppen nach unten trippelten, und schließlich hatten ihre Verfolger das Schiff verlassen.

Erschöpft ließen sich alle von der Decke fallen und schüttelten sich die Glieder aus. Kirimba bedeutete ihnen, ihm zu folgen, und kurze Zeit später hatten sich alle eine Ebene tiefer in einer der größeren Kabinen versammelt.

Die geflochtenen Doppelstockbetten der Moringas waren erstaunlich bequem, wie Lukas feststellte. Er musste dem Drang widerstehen, sich jetzt einfach hinzulegen und einzuschlafen, obwohl er die Müdigkeit in sich aufsteigen spürte. Aber er hatte so viele Fragen, und zumindest einige wollte er stellen.

„Wer ist denn dein neuer blonder Freund?", fragte er Anna wohl etwas aggressiver, als es hatte klingen sollen. Sie schaute ihn ein paar Sekunden wortlos an, wie ein seltenes Exemplar einer gefährdeten Spezies, bevor sie sprach.

„Kirimba hat mir bei der Flucht geholfen. Als die Königin mich zu irgendeiner blödsinnigen Arbeit einspannen wollte, habe ich ihr ihre dämlichen Goldvasen an den Kopf gedonnert und bin aus ihrem Schlafzimmerfenster gesprungen."

Lukas nickte. Das klang ganz nach Anna. „In einer Schlucht bin ich abgestürzt, und dann waren da plötzlich Kirimba und seine Leute. Sie sind auch aus dem

Dorf, aber mit vielem nicht einverstanden, was die Erwachsenen in letzter Zeit hier veranstaltet haben."

„Was meinst du mit ‚veranstalten'? Das klingt irgendwie nach Feiern und Party."

Die Moringas fingen an zu lachen. Lukas fragte sich, ob er etwas Lustiges gesagt hatte.

„Da hast du gar nicht so unrecht", wandte sich Kirimba direkt an ihn.

„Lange Zeit war bei uns eigentlich alles in Ordnung. Wir Moringas haben hier auf der Insel in der Gegend um den Berg unser Zuhause. Alles, was wir brauchen, finden wir in der Umgebung. Es gibt Früchte ohne Ende und natürlich Unmengen von Fischen, die man fangen kann. Außerdem bietet der Wald alles, was man sonst noch braucht, um sich ein schönes Zuhause zu machen."

„Wo ist dann das Problem?", wollte Lukas wissen.

Kirimba betrachtete ihn nachdenklich, und Lukas hatte das Gefühl, als ob der Junge versuchte, durch seinen Blick zu erfassen, ob Lukas ein Guter oder ein Böser war. Er schien sich für Ersteres entschieden zu haben, als er lächelnd antwortete: „Das ist eine gute Frage. Das Problem ist, dass all das, was ich eben aufgezählt habe, einigen Leuten nicht mehr genug war. Sie wollten immer mehr. Und angefangen hat das alles in Libera, der Stadt eurer Leute auf der anderen Seite der Insel."

„Sie wollten das Gold, das bei uns im Boden liegt", übernahm jetzt einer der anderen Moringas. Als Lukas genauer hinschaute, bemerkte er, dass es sich um ein Mädchen handelte. Und sie war nicht die Einzige. Er zählte vier weitere.

„Wir benutzen dieses Gold kaum. Es ist zu weich, um damit zum Beispiel Pfeilspitzen zu machen, und außerdem ist es recht mühsam, es aus dem Boden zu holen. Es glitzert ganz schön, ein bisschen wie die Sonne. Daher tragen einige von uns es als Schmuck, aber ansonsten ist es eigentlich ziemlich nutzlos."

Erst jetzt fiel Lukas auf, dass viele der Moringas kleine Goldnuggets an Lederriemen um den Hals trugen. Einige hatten kleine Goldkrümel zu einer Handkette aneinandergereiht.

Lukas schaute wieder zu dem Moringa-Mädchen, dessen tiefblaue Augen ihn kritisch musterten, als sie weitersprach. „Also begannen einige von uns, nach dem Gold zu graben - für die Leute aus Libera. Im Gegenzug brachten die Leute aus Libera uns Dinge, die wir vorher gar nicht gebraucht haben: Schuhe aus buntem Material, das ihr Plastik nennt, und Töpfe aus Metall oder Kleidung. Das meiste haben wir vorher selbst gemacht. Aber nun gibt es kaum noch jemanden, der Lust dazu hat. Stattdessen kaufen wir es jetzt und bezahlen mit dem Gold. Und auf einmal war an der Stelle, wo früher unsere Tiere geweidet haben, diese riesige Grube."

„Aber was ist daran schlecht?", wollte Lukas wissen. „Ist es nicht ein Geben und Nehmen? Ihr bekommt ja auch etwas für das Gold."

„Das wäre vielleicht okay," stimmte das Mädchen zu. „Obwohl ich es schade finde, wenn wir uns so abhängig machen. Aber damit hat es ja nicht aufgehört. Nach dem Gold wollten die Menschen aus Libera von uns das Holz haben, um Häuser zu bauen, Möbel und Schiffe. Einiges davon haben sie dann wieder an uns verkauft. Und unsere Königin hat es ihnen erlaubt. Inzwischen ist ein Drittel unseres Waldes verschwunden."

„Gut, aber wo ist das Problem? Ihr habt doch noch so wahnsinnig viel Wald, oder?"

Das Mädchen schüttelte genervt den Kopf.

„Die Bäume werden schneller gefällt, als sie wieder nachwachsen können. Einige Tiere leben inzwischen nicht mehr hier. Mit den Schiffen, die sie gebaut haben, fischen sie zudem an unserer Küste. Sie verwenden große Netze und ziehen alles aus dem Meer, was sich in ihnen verfängt, auch das, was sie gar nicht essen. Wir können selbst kaum noch Fische fangen und müssen sie in Libera kaufen. Und sie wollen immer mehr Gold dafür."

„Kommt ihr denn mit den Leuten aus Libera einigermaßen klar?"

„Die meisten sind ganz okay, aber sie wollen immer mehr. Und das Gold ist endlich, genauso wie der Wald und die Tiere, die in ihm leben und die Fische vor unserer Küste."

„Warum redet ihr dann nicht mit den Menschen aus Libera und findet eine Lösung?"

Die Moringas lachten schon wieder auf.

„Sie sagen das Gleiche wie du: Es ist doch genug da, und wir sollen einfach mehr Gold aus dem Boden holen. Sie wollen immer mehr, obwohl sie schon genug haben, und damit", sagte das Mädchen düster, „wird die Prophezeiung wahr."

„Welche Prophezeiung?". Lukas wurde hellhörig, denn bei diesem Wort musste er unwillkürlich an die Prophezeiung der Küstenwölfe denken, die Knut auf einer Steintafel in seinem Trödelladen aufbewahrte.

„Der Erste eurer Leute hat sie vor langer Zeit von uns erfahren und in seinen Worten aufgeschrieben. Sie steht auch auf seinem Grab: ‚Untergehen wird das Land, wenn die Gier die Menschen führt zu eitlem Tand, und das Meer bedeckt mit seinen Fluten, bis alle wenden sich zum Guten'", zitierte das Mädchen die Inschrift auf dem Grabmal von Klaus Störtebeker.

Als Lukas das hörte, wusste er auf einmal, warum die Moringas ein großes Schiff auf einem Berg gebaut hatten.

„Ihr glaubt, die Insel wird untergehen, weil ihr sie ausbeutet? Aber eure Königin denkt offensichtlich anders darüber, oder?"

„Mama ist verliebt in das Gold und hält die alten Geschichten für Humbug, aber sie wagt es auch nicht, eine unserer ältesten Traditionen in Frage zu stellen", sagte das Mädchen, das sich damit als Tochter der Königin zu erkennen gab. „Und das ist das eigentlich Merkwürdige mit den Erwachsenen in unserem Dorf", fuhr sie fort, „Alle kennen die Prophezeiung, und sie halten das Schiff auch instand, aber gleichzeitig hören sie nicht auf, den Wald zu vernichten, den Boden aufzubrechen und das Meer zu plündern."

„Deswegen haben wir euch auch geholfen", schaltete sich Kirimba ein. „Denn nur wir Jungen scheinen diejenigen zu sein, die sich nicht damit abfinden wollen, dass unsere Insel untergeht."

Er machte eine Pause und schaute die Königstochter an, die ihm zunickte, als brauchte er für das Folgende erst ihre Zustimmung. „Und wir brauchen eure und Blackbeards Hilfe. Wir haben auch Verbündete in Libera, denn bald schon wird es geschehen", beendete Kirimba die Erzählung.
„Heißt das, die Insel wird untergehen?", fragte Sara.
Kirimba nickte.
„Was auch immer ihr von uns wollt. Ihr müsst uns auch helfen", brachte Lukas vor. „Drei von uns sind noch immer in eurer Mine gefangen. Wir müssen sie befreien."
Kirimba lächelte Anna in stillem Einverständnis an, und Lukas spürte wieder, wie ihm gleichzeitig heiß und kalt wurde.
„Das wissen wir."

14

Der Verrat

Sie verbrachten die Nacht in der Arche. Kirimba und die anderen hatten ihnen versichert, dass das Schiff nur zum Auffüllen der Vorräte und für Instandsetzungsarbeiten betreten wurde. Ansonsten gab es entlang des Holzwalls nur ein paar Wachposten außer Sichtweite. Wer sich im Schiff befand, war also nachts unbehelligt.

So bedienten sie sich aus den vielen Vorräten und zauberten ein köstliches Abendessen aus verschiedenen exotischen Gemüse- und Früchtesorten. Wenn etwas sie hätte verraten können, dann war es höchstens der leckere Duft, der von der Feuerstelle aufstieg, an der die jungen Moringas das Mahl zubereiteten.

Lukas hatte inzwischen den Namen der Königstochter herausgefunden. Wie zufällig setzte er sich beim Essen neben sie und fing ein Gespräch an. Sie hieß Surena und war das einzige Kind der Königin, die von den heimlichen Verbindungen ihrer Tochter zu den Kindern und Jugendlichen aus Libera nichts wusste.

Kirimba, Surena und die anderen hielten das geheim. Denn eigentlich verkehrten die Leute aus Libera und die Moringas nur miteinander, wenn sie es mussten. Jeder hatte seinen Teil der Insel, doch mit dem ganzen Handel, dem Gold und den Sachen, die nun aus Libera kamen, veränderte sich alles.

Das war zwar alles ganz interessant, aber Lukas trieben noch andere Fragen um. Wie Surena zu Kirimba stand, blieb zum Beispiel ebenso offen wie das Verhältnis zwischen Kirimba und Anna.

So sehr er sich auch bemühte, war aus Surena diesbezüglich einfach nichts herauszubekommen. Sie quittierte jede seiner diesbezüglichen Fragen mit

einem weisen Lächeln und sagte: „Du möchtest viele Dinge wissen." Dabei beließ sie es, und bald gab Lukas es auf, ihr weitere Fragen zu stellen.
Als es draußen dunkel wurde und sich alle zum Schlafen bereitmachten, nahm Anna demonstrativ eines der Bambusbetten, das am weitesten von ihm entfernt stand. Dafür lag plötzlich Sara auf dem geflochtenen Palmenbett neben ihm auf der einen Seite, während auf der anderen Seite Surena ihr Nachtlager aufschlug, als ob das schon immer ihr Platz gewesen sei.
So lag Lukas schließlich zwischen zwei Mädchen, die ihn beide ziemlich verwirrten. Er lag noch eine Weile wach, während neben ihm das Atmen von Sara und Surena ruhig und gleichmäßig wurde. Kurz bevor er die Augen schloss, sah er noch einmal hinüber zu Anna, aber es war inzwischen zu dunkel, sodass er nicht mit Sicherheit sagen konnte, ob sie noch wach war. Für einen Augenblick hatte er geglaubt, gesehen zu haben, wie sie ihn anschaute.
Schließlich fiel er in einen tiefen Traum, in dem Blackbeard, die Raubkatze, der weiße Wolf, ihr Segelschiff und hohe Wellen, die die Insel überspülten, eine Rolle spielten.

* * *

Sie waren den Plan der Befreiung von Lisa, Finn und Thomo mehrmals durchgegangen, aber er erschien Anna immer noch sehr abenteuerlich, um nicht zu sagen: irrsinnig. Wenn irgendetwas schiefging, würden sie Gefangene der Moringas sein, und sie glaubte nicht, dass Kirimba oder Surena etwas dagegen tun konnten. Beim zweiten Mal würde man bestimmt auch nicht mehr so nachlässig mit ihrer Bewachung sein.
Nach einem schnellen Frühstück hatten sie sich mit Proviant versorgt und aus dem Schiff geschlichen. Geschickt führten Surena und die anderen sie an den Wachposten vorbei und durch eine geheime Tür im Schutzwall. Das abgesperrte Gebiet um das Schiff auf dem Berg durften eigentlich nur erwachsene Moringas betreten. Doch daraus machten sich die Kinder und

Jugendlichen aus dem Dorf nichts. Die Wachzeiten und die geheimen Türen ins Innere waren allen bekannt. Es schien zur Freizeitgestaltung zu gehören, sich heimlich hier an der Arche zu treffen, ohne dass die Erwachsenen davon wussten oder etwas mitbekamen. Die wunderten sich nur, dass immer wieder Vorräte aus dem Schiff verschwanden.

An einer geheimen Stelle im Wald hatten Surena und die anderen einen kleinen Vorrat an nützlichen Dingen versteckt. Pfeile und Bögen, Seile, Angeln und Enterhaken befanden sich einsatzbereit in einem Baumhaus etwa zwanzig Meter über dem Boden, versteckt in einer Baumkrone, von der man einen weiten Blick über den Dschungel, den Berg und einen Zipfel der Küste hatte.

Während alle Dinge verteilt wurden, schlich sich Anna nach draußen und setzte sich an den Rand der schmalen Veranda, die das Baumhaus umgab. Ihr Blick glitt über das dichte Grün des Dschungels, und sie malte sich aus, wie es wäre, hier zu leben statt auf Usedom, wo alles seinen beschaulichen Gang ging. Hier im Dschungel, mitten in der Natur, nahe der Küste mit ihrem weißen Pulversand. War das nicht eigentlich das Paradies? Keine Autos, keine Schule und vor allem: besseres Wetter! Andererseits vermisste sie ihre Eltern, den Steg vor der Segelschule, den Kuchen bei Hilde Witt und die selbstgemachte Limonade von Knut, die er immer vor seinem Trödelladen servierte.

Sie bekam ein bisschen Heimweh und hätte bestimmt noch länger ihren schwermütigen Gedanken nachgehangen, wenn sie nicht plötzlich aus den Augenwinkeln eine Bewegung auf der Terrasse wahrgenommen hätte.
Surena und Kirimba waren nach draußen getreten und hatten sie anscheinend nicht bemerkt. Anna saß so still da, als ob sie mit der Baumkrone verwachsen sei, auf der die Hütte thronte. Mit dem Rücken zu ihr standen die beiden nebeneinander an der Brüstung und flüsterten sich irgendetwas zu. Dann – unerwartet – gab Surena Kirimba einen Kuss und kuschelte sich in seine Arme. Wie sie da umschlungen standen, ging eine klare Botschaft von ihnen aus: Sie waren ein Paar. Und die Art, wie sie einander jetzt liebevoll anschauten, musste auch den kritischsten Betrachter davon überzeugen, dass sich hier zwei gefunden hatten, die wirklich zusammengehörten. Eine angenehme Art von Ruhe und Selbstverständlichkeit ging von ihnen aus. Das wäre also geklärt, dachte Anna, und sie verspürte dabei keinerlei Eifersucht, sondern eher Zufriedenheit.
Die beiden lösten sich voneinander und gingen wieder ins Baumhaus, ohne Anna zu bemerken.
„Wir haben nur eine Chance", hörte sie Surenas Stimme von drinnen, und das riss sie zurück in die Realität, in der ihre Freunde gefangen gehalten wurden und in einer Mine schuften mussten. Das war alles andere als das Paradies. Sie mischte sich wieder unter die in der Baumhütte Versammelten.
Kurze Zeit später war alles besprochen, und jeder mit Waffen aus der Waffenkammer des Baumhauses versorgt. An Strickleitern seilten sie sich auf den Boden des Urwaldes ab und machten sich auf zur Mine.
Im Gegensatz zur Arche war diese wesentlich schärfer bewacht. Offensichtlich hielten die Moringas das Gold inzwischen für wichtiger als ein Schiff, das sie retten konnte.
Um den Rand der Mine herum stand alle zehn Meter ein Wachposten und kontrollierte das Geschehen in der Grube. In Serpentinen verliefen Trampelpfade auf rötlichem Sand hinunter zu den Schürfstellen.

Dort bearbeiteten nur etwa zwanzig Männer mit Schaufeln und Spitzhacken den Boden auf der Suche nach Goldadern. Offensichtlich wurden sie recht häufig fündig, denn in den Schubkarren, die deplatziert modern aussahen, als wären sie in einem Baumarkt gekauft worden, glitzerte es im Sonnenlicht immer wieder golden auf.

Lisa, Finn und Thomo waren trotz ihres anderen Äußeren nicht gleich zu erkennen, denn von der Arbeit waren sie überall mit der rötlichen Erde beschmiert und daher von den Moringa-Arbeitern kaum zu unterscheiden.

Im Unterholz am Rande der Grube kauerten Anna, Lukas und Sara versteckt unter Blättern und warteten auf ihr Signal. Als eine Art Glocke erklang, wurde die Arbeit unten in der Grube beendet.

Hintereinander kamen die Arbeiter den gewundenen Trampelpfad hinauf, um an einer überdachten Stelle ein Mittagessen einzunehmen. In der Sonne blitzte die Eisenkette auf, mit der Lisa, Finn und Thomo aneinander gekettet waren. Auch die Wachposten kamen zum Essen zusammen und stellten ihre Köcher, Bögen und Speere in eine Ecke, keine zehn Meter entfernt vom Versteck der drei.

„Jetzt können wir nur hoffen, dass Blackbeards Rum so stark ist wie sein Ruf", murmelte Lukas, als Kirimba und Surena den Wachposten aus Tongefäßen großzügig Getränke einschenkten. Offensichtlich gehörte es zum Tagesablauf, dass Kinder die Minenarbeiter und Wachleute mittags versorgten, und dass selbst die Königstochter dabei mithalf, gab dem Ganzen sogar noch einen offiziellen Anstrich.

Auch die Arbeiter wurden von den beiden Mundschenken bedient, und schon bald setzte eine sehr gelöste Stimmung ein. Irgendjemand stimmte eine Melodie an, und auf einmal wurde gesungen, und ein paar Wachleute fingen sogar an zu tanzen.

„Wunderbar!", stellte Sara befriedigt fest. „Jetzt kommt unser Einsatz." Mit diesen Worten spannte Lukas einen Bogen und schoss einen Pfeil mit einem roten Bändchen senkrecht in den Himmel. „Ablenkungsmanöver gestartet!"

„Also Säbel und das ganze Fechten sind ja mehr so euer Ding, aber mit Pfeil und Bogen könnte ich mich anfreunden", sagte er erfreut.
Keine zwei Minuten später stieg dicker schwarzer Rauch vom Gipfel des Berges auf. Als die Wachposten den Qualm bemerkten, setzte hektische Betriebsamkeit ein. Wankend und wild mit den Armen gestikulierend, zeigten sie immer wieder auf den Berggipfel, wo die Arche der Moringas verborgen war. Ein schnelles, fast verzweifeltes Glockengebimmel erklang aus dem Dorf, und aufgeregte Stimmen waren überall zu hören.
Geduckt schlichen sich Anna, Lukas und Sara aus ihrem Versteck und auf die überdachte Stelle zu, wo aus dem rumseligen Mittagessen ein totales Durcheinander geworden war. Krieger wankten umher und suchten ihre Waffen, die Kirimba und Surena nach und nach heimlich beiseitegeschafft hatten. Einige liefen ins Dorf, andere stürmten gleich auf den Gipfel zu, um dort Schlimmeres zu verhindern, denn wo Rauch war, musste auch Feuer sein, und so nah beim Schiff konnte das nur zu einer Katastrophe geführt haben.
„Wir müssen den Anführer mit den Schlüsseln finden", zischte Anna, während sie sich in den Trubel mischten.
Surena zeigte auf einen der Wächter, der sich kaum noch auf den Beinen halten konnte und einen großen Schlüsselbund an der Hüfte trug.
Lukas zog ein Seil aus seinem Kissenbezugsrucksack, der ihm seit seiner Flucht aus Blackbeards Strandfestung gute Dienste erwiesen hatte, und flocht geschickt eine Schlinge, die er dem Krieger überwarf.
Einen kurzen Augenblick später lag der Moringa überwältigt auf dem Boden. Anna schnappte sich das Schlüsselbund und rannte zu Thomo, Lisa und Finn.
„Das wurde aber auch Zeit", sagte Thomo. „Wir dachten schon, ihr lasst uns hier versauern."
„Ja, eigentlich sollte ich das tun, du Dieb!", fauchte Anna.
„Häh?", war das Einzige, was Thomo hervorbrachte.
„Knutschen, damit einer vor euch in Ruhe die Karte vom Schiff stehlen kann. Erinnert sich der Herr noch? Vor ein paar Tagen am Strand?"

„Wir haben die Karte nicht gestohlen. Wir wollten doch, dass ihr die Insel findet!", verteidigte sich Thomo, und Anna musste sich eingestehen, dass ihre Anklage auf wackeligen Füßen stand, so sauer sie auch war. Thomo hatte ihr ja eine der Inselmünzen geschenkt, und sie hatten alle die Morsezeichen empfangen, die sie bestärkten, den Rest der Karte in Kiel zu suchen, was dann weiter nach Hamburg geführt hatte zur Statue von Klaus Störtebeker. Wer hatte also die Karte gestohlen?

„Ich dachte, du hast Thomo ein Jahr lang nicht gesehen, und jetzt habt ihr gleich geknutscht?", unterbrach Lukas ihren Gedankengang.

Anna geriet etwas aus der Fassung. „Hab ich nur mitgemacht, um was rauszubekommen", platzte sie heraus und bereute es im nächsten Moment, als sie Thomos verletzten Blick sah.

„Genau wie ich!", bemerkte Sara.

„Was? Der Kuss im Schwimmbad war nur Ablenkung?", rief Lukas.

Jetzt war es Anna, die mehr wissen wollte. „Ach, das ist ja interessant", entfuhr es ihr. „Monsieur spielt sich als Moralapostel auf und bandelt selbst mit den Gegnern an."

„Ähm, Leute, könnt ihr das vielleicht ein anderes Mal klären? Ich würde jetzt wirklich gerne diese Kette loswerden", beschwerte sich Finn.

Lisa hob die Hand. „Ich übrigens auch."

Schnell stieß Anna den Schlüssel in das grobe Eisenschloss und stellte sich dabei vor, sie würde Lukas eine verpassen.

Der Schlüssel passte. Zumindest sah es so aus. Aber er ließ sich nicht drehen. Auch mit den anderen Schlüsseln ließ sich die Eisenkette, die die drei an den Fußgelenken verband, nicht öffnen.

„Das sind die falschen Schlüssel", rief Sara Surena zu. Anna blickte sich suchend um, aber von den übrigen Kriegern trug keiner welche bei sich.

„Verdammt, was machen wir jetzt? Irgendwo müssen doch diese dämlichen Schlüssel sein."

Surena nickte Anna wissend zu und schaute dann Kirimba an, der nickte, als hätten sie diese Möglichkeit von vornherein eingeplant.

„Meine Mutter hat eine Kiste mit solchen Schlüsseln in ihrem Schlafzimmer."

„Nicht schon wieder", stöhnte Anna bei dem Gedanken daran, die königlichen Hütten aufsuchen zu müssen.

„Wir haben nicht viel Zeit", sagte Kirimba, „das Feuer auf dem Berg wird sie nicht lange ablenken. Ich bleibe mit Sara bei den dreien, und ihr holt die Schlüssel."

Ohne weitere Diskussionen stürmten Anna, Lukas, Surena und ein paar der jungen Moringas los in Richtung Dorf, aus dem ihnen viele Bewohner entgegenkamen, die das Feuer auf dem Berg löschen wollten. In der allgemeinen Aufregung gelangten sie ungehindert zur Residenz der Königin.

„Passt auf", wies Surena sie an. „Sie ist ja meine Mutter. Ich kann da reingehen, ohne dass irgendwer Fragen stellt. Ich werfe euch alle Schlüssel raus."

Anna und die anderen nickten kurz, als auf einmal eine Gruppe Krieger in schwarzen Gewändern aus der Königshütte stürmten. Anna hielt den Atem an, denn das mussten diejenigen gewesen sein, die sie auf der Sandbank gekidnappt hatten, aber Surena stellte sich betont locker vor sie und grüßte die vorbeirennenden Krieger ganz selbstverständlich. Die hatten auch gar keine Zeit, sich um die Gruppe zu kümmern, und rannten in Richtung des Berges.

„Perfekt!", sagte Surena. „Ihre Leibgarde ist nun auch weg. Kommt, wir gehen alle!"

‚Und was ist mit der Königin?', fragte sich Anna, aber Surena zögerte nicht. Sie schaute sich nach allen Seiten um und schlich in die Hütte. Die anderen machten es ihr nach. Anna erkannte die vielen Vorräume wieder, die sie am Tag zuvor durchquert hatte. Im vorletzten Raum blickte sie die Königin von dem großen Gemälde genauso tadelnd an wie am Vortag.

„Jetzt kommt der Thronsaal", flüsterte Anna Lukas zu, der so dicht neben ihr stand, dass sich ihre Arme berührten.

„Die Lady scheint ja wirklich eine Vorliebe für Gold zu haben." Lukas wies auf die vielen Gefäße, Krüge und Schmuckstücke, die auf verschiedenen Tischen und Regalen ausgebreitet waren.

Surena vor ihnen schlug vorsichtig das Tuch zum Thronsaal beiseite. Der Thron war unbesetzt. Sie durchquerten den Saal und betraten das Schlafzimmer, das Anna von ihrer Flucht noch wohlbekannt war. Surena langte unter das Bett und brachte eine kostbar verzierte Kiste zum Vorschein. Als sie sie öffnete, fiel Anna als Erstes ein Gerät auf, das sie hier am allerwenigsten vermutet hätte. Sie stieß Lukas an.

„Siehst du auch, was ich sehe?"

„Ja. Und so langsam kapiere ich gar nichts mehr", antwortete Lukas.

Vor ihnen in der Kiste lag neben einem Haufen Schlüssel und ein paar wohlbekannten Goldmünzen etwas aus einer anderen Welt. Aus ihrer Welt: ein Funkgerät.

„Hier, das sind alle Schlüssel, die sie hat. Wir müssen einfach alle mitnehmen und ausprobieren, welcher passt."

Doch Anna achtete nicht auf das, was Surena sagte, sondern griff nach dem Funkgerät und schaltete es ein. Knacken und Rauschen drang aus dem kleinen Lautsprecher.

„Für diese Spielereien haben wir keine Zeit. Das ist Zeug aus eurer Welt, das hier mit irgendeinem Schiff angekommen ist", erklärte Surena und wollte Anna das Funkgerät aus der Hand nehmen, als auf einmal eine Stimme aus dem Gerät erklang - eine Stimme, die Anna irgendwoher kannte.

„Das Feuer haben sie mit nassem Holz und Öl gemacht. Kirimba und eine von den Vitaliern sind bei den Gefangenen geblieben. Die anderen haben sich eben in deine Hütte geschlichen."

Alle schauten einander entgeistert an.

„Wer zum Teufel kann das wissen?", flüsterte Anna.

„Nur jemand, der alles gesehen hat. Aber wer?", ergänzte Lukas.

„Das sind gute Fragen!", sagte eine zornige Stimme hinter ihnen. Als sie sich umdrehten, stand dort die Königin samt ihrer bewaffneten Leibgarde. In der Hand hielt sie ein Funkgerät.

15

Die Flucht nach Libera

Für schwierige Situationen ist es gut, einen Plan zu haben. Das hatte sich bei fast allen Aktionen, die sie bisher zusammen als Küstenwölfe gemeistert hatten, bewährt. Allerdings gab es immer wieder Konstellationen, die nicht vorhersehbar waren und die man daher gar nicht planen konnte. Auf einer für fast alle unsichtbaren geheimen Insel in der Ostsee zu landen, auf der ein Klima herrschte wie in der Karibik, und dort dann noch auf einen Stamm eines Urvolkes zu treffen, gehörte ebenso dazu wie von einem Piraten gefangen genommen zu werden, der heimlich Rum brannte und auf den Namen Blackbeard hörte.

Alles, was er bisher hier erlebt hatte, hätte er nicht geglaubt, wenn es ihm jemand anderes erzählt hätte, musste sich Lukas eingestehen. Und jetzt erlebte er es selbst: Wilde Krieger, Piraten und ein Funkgerät, aus dem jemand sprach, der alles mitverfolgt hatte, was sie gemacht hatten.

Die Königin und ihre schwarzgekleidete Leibgarde sahen zudem nicht aus, als wären sie zum Plaudern hergekommen. „Ich bin sehr enttäuscht von dir", sagte die Königin nun zu Surena. „Ich dachte, ich kann mich auf dich verlassen, stattdessen hilfst du den Eindringlingen."

Lukas schaute hinüber zu Anna, und er hätte schwören können, dass sie das Gleiche dachte wie er: Egal, ob auf einer geheimen Insel oder auf Usedom oder in Berlin, Eltern waren überall gleich und gebrauchten komischerweise auch noch überall die gleichen vorwurfsvollen Sätze. Er wusste, was jetzt kommen würde, und fühlte sich bestätigt, als Surena mit hochrotem Kopf hervortrat und ihre Mutter anfuhr. „Und du? Beutest unseren Wald aus und brichst die Erde auf für dieses Gold, das zu nichts nutze ist, außer, immer mehr Dinge zu kaufen."

„Was dir bis vor Kurzem doch ganz gut gefallen hat", antwortete Surenas Mutter und zeigte auf deren Turnschuhe, die in einem merkwürdigen Kontrast zu dem grobgeflochtenen Oberteil standen, das bei den weiblichen Moringas zur traditionellen Kleidung zu gehören schien.
„Ja, bis ich kapiert habe, wohin das alles führt."
Lukas schaute sich um. Dieser Dialog würde jetzt noch eine Weile hin und her gehen, ein Vorwurf würde den anderen jagen, und am Ende würden sie wieder alle gefangen sein. Es sei denn, ja, es sei denn, man machte das, was zu tun war, wenn alle Pläne schiefgegangen waren.
„Hinter dem Schlafzimmer ist der Abhang, der zur Grube führt?", fragte Lukas Anna leise, ohne sie anzuschauen.
„Ja", murmelte Anna. „Was hast du vor?"
„Es sind nur Palmblätter", zischte Lukas mit zusammengepresstem Mund und wies mit dem Kopf auf die Außenwand der königlichen Hütte.
„Hey, ihr!", rief die Königin. „Hört auf zu tuscheln. Nehmt sie gefangen!", wies sie ihre Garde an.
Lukas drehte sich blitzschnell zu Anna um. „Darf ich um ihre Hand bitten?", fragte er spitzbübisch.
„Ich sage jetzt wohl besser ‚Ja', oder?"
Lukas riss Surena die Schlüssel aus der Hand, griff Annas Hand, und gemeinsam stürmten sie auf die rückwärtige Schlafzimmerwand zu, hinter deren Fensteröffnung ebenfalls Krieger erschienen waren. Offenbar hatte man hier aus Annas geglückter Flucht gelernt und wollte einen Fenstersprung vermeiden. Damit, was nun kam, hatte wohl aber niemand gerechnet: Hand in Hand liefen Anna und Lukas auf die Blätterwand zu, im Lauf legte Lukas einen Arm um Anna, drehte sich ein, und eng umschlungen donnerten beide durch die dünnen Palmenblätter nach draußen wie eine menschliche Kanonenkugel.
Die leichte Bauweise der königlichen Hütte brachte es mit sich, dass nach und nach alle anderen Wände in sich zusammenstürzten wie ein Kartenhaus und die Königin samt ihrer Garde unter sich begruben.

Wie auf einem Schlitten rutschten Anna und Lukas auf einer der Außenwände den Abhang hinab. Schreiend und strampelnd sausten sie den Hang hinunter, immer mehr Teile der königlichen Schlafzimmerwand verlierend, bis sie schließlich in dem Bach landeten.

Anna lag auf Lukas und spuckte ein Stück eines Palmblatts aus. „Glaub ja nicht, dass das was zu bedeuten hat, dass ich hier auf dir liege."

„Das würde wirklich keiner denken, wenn er uns sehen würde", antwortete Lukas ironisch und brachte Anna damit zum Lachen, denn natürlich würde das jeder denken. Plötzlich erstarb Annas Lächeln, und sie schaute nach oben.

„Apropos sehen. Schau mal!"

Lukas dreht den Kopf und traute seinen Augen nicht. Da, über den Baumwipfeln schwebte eine Drohne mit einer kleinen Kamera.

Lukas rappelte sich auf und zog sich den Bogen über den Kopf, den er immer noch bei sich trug und der die Rutschpartie überstanden hatte.

„Wenn du das schaffst …", sagte Anna provozierend.

„Was ist dann?", fragte Lukas zurück, während er einen Pfeil aus dem Köcher holte und anlegte.

„Dann darfst du dir was wünschen."

Surrend schoss der Pfeil in den Himmel, traf die Drohne und zerschmetterte einen ihrer Rotoren. Mit eiernden Flugbewegungen dreht sich die Drohne um sich selbst und schlug trudelnd ein paar Meter vor ihnen dumpf auf dem Boden des Dschungels auf. „Wow!", rief Anna erstaunt aus. „Ich wusste gar nicht, dass du so schnell ein guter Bogenschütze geworden bist".

„Ich würde sagen, du weißt so einiges nicht über mich", antwortete Lukas, der sich selbst über seinen Treffer wunderte. Bogenschießen gefiel ihm zwar, aber wenn er ehrlich war, musste er sich eingestehen, dass das hier ein absoluter Glückstreffer gewesen war. Er entschied sich allerdings, diese Tatsache für sich zu behalten.

Gemeinsam rannten sie auf die Absturzstelle der Drohne zu. Anna hob sie auf und blickte direkt in die Kamera.

„Wer auch immer uns zusieht", sagte sie und streckte den Mittelfinger aus. Lukas riss den Akku heraus.

„So, Dschungel-TV ist zu Ende! Ab zur Grube!" rief er, warf die Drohne beiseite und ließ sich von Anna mitziehen, die den Weg noch allzu gut kannte.

Sie liefen durch den Dschungel, die zornigen Rufe der königlichen Leibgarde hinter sich lassend. Immer noch stieg Rauch vom Gipfel her auf, aber es konnte nicht mehr lange dauern, bis ihr Ablenkungsmanöver vollends seine Wirkung verbraucht hatte.

Keuchend, zerkratzt von Dornen und mit hunderten Schrammen und blauen Flecken kamen sie an der Grube an. Nur zwei vollkommen betrunkene Wachen, die sich kaum noch auf den Beinen halten konnten, waren zurückgeblieben. Lukas schubste sie zu Boden, wo sie einfach liegenblieben, und rannte hinüber zu Finn, Lisa und Thomo, neben denen Kirimba und Sara kauerten. Mit zitternden Händen probierte er einen Schlüssel nach dem anderen aus.

„Leute, eins ist klar: Auf Blackbeards Rum ist Verlass."

„Muss ich das jetzt verstehen? Wer ist Blackbeard?", fragte Finn.
„Erzähl ich dir später", versprach Lukas. „Noch was: Man hat uns beobachtet. Mit einer Drohne. Irgendjemand weiß, dass das Feuer auf dem Berg nur ein Ablenkungsmanöver ist."
„Ablenkungsmanöver ist das Wort der Woche", spielte Finn auf diverse Begebenheiten an, aber weder Lukas oder Anna noch Sara und Thomo gingen darauf ein.
„Und die Königin hat ein Funkgerät", ergänzte Anna schnell und präsentierte ihre Beute aus dem königlichen Schlafzimmer.
„Kannst du mich bitte mal kneifen? Das ist doch alles nur ein Traum hier, oder? Ein unbekanntes Urvolk der Ostsee, eine Goldmine, ein Funkgerät, eine Drohne und alles auf einer unsichtbaren Insel", rief Lisa verwirrt. Mit einem metallischen Schnarren drehte Lukas den Schlüssel im Schloss herum, und die Fußfessel um Lisas Fußgelenk sprang auf.
„Okay, das fühlt sich allerdings sehr real an", räumte sie ein und rieb sich den schmerzenden Knöchel.
Finns und Thomos Schlösser fielen ebenfalls zu Boden. Alle waren wieder frei und umarmten einander. Aber das Glück währte nur kurz, denn die Sonne verdunkelte sich: Die Leibgarde der Königin hatte sie umstellt. ‚Wie hatten wir nur glauben können, alle so lange an der Nase herumführen zu können?', dachte Lukas.
„Das war's wohl", bemerkte Finn trocken.
„Bevor gleich alles vorbei ist: Das mit Sara …", wollte Lukas anfangen.
„Mir egal!", zischte Anna.
Die Menge der Moringas teilte sich, und gemessenen Schrittes kam die Königin auf sie zu. Obwohl sie vom Einsturz ihrer Residenz mit Staub bedeckt war, bemühte sich die Herrscherin weiterhin darum, Würde auszustrahlen.
Lukas hatte Mühe, sich das Lachen zu verkneifen, denn sie sah aus wie aus der Tonne geklettert. Sein Blick traf den von Anna, die sich krampfhaft auf die Zunge biss.

„Das Lachen wird euch schon noch vergehen. Die Strafe für Verrat und das Betreten unseres Berges ist hoch. Ihr werdet …"

Doch weiter kam die Königin nicht, denn auf einmal bewegte sich alles, und zwar wirklich alles: der Boden, die Tische und Hocker, die überdachte Hütte und die Krieger, die genau wie Lukas, Anna, Sara, Finn, Lisa, Kirimba und alle anderen umfielen wie Zinnsoldaten.

Staub wirbelte auf, und ein Teil der Grube sackte weg, als ob eine unsichtbare Hand sie nach unten zog. Immer mehr Erdreich verschwand und zog die ersten Krieger mit sich in die Tiefe. Der Boden hob und senkte sich, als atmete er.

Die Freunde versuchten, vor der herannahenden Abbruchkante zu fliehen. Sie krochen auf allen vieren in die hinterste Ecke der Überdachung, die schwankte, als wäre sie aus Gummi. Immer mehr Moringas verschwanden in der Erdspalte und landeten mehrere Meter tiefer unsanft auf dem Grund, bis nur noch die Königin übrigblieb, die auf dem wegbrechenden Boden gerade noch von Surena gehalten werden konnte.

Dann war es gespenstisch still. Nur die Rufe und Schreie derjenigen, die in die Tiefe gesackt waren, waren zu hören.

„Was war das?", fragte Lukas Kirimba.

„Die Erde brüllt vor Schmerz."

„Ein Erdbeben!" Finn nickte beeindruckt. „Krass."

Kirimba stieß einen lauten Pfiff aus. Aus dem Dschungel kamen zwei junge Moringas gerannt und warfen ihnen Säcke zu, die sie sich um den Rücken schnallen konnten.

„Wir haben euch Proviant zusammengestellt und ein paar Dinge, die ihr bestimmt gebrauchen könnt."

„Wie ist der Plan?", wollte Thomo wissen.

„Wir schlagen uns nach Libera durch, dort treffen wir Blackbeard, und dann befreien wir eure Eltern, Knut und Opa Witt", antwortete Lukas.

„Und dann, liebe Leute, will ich wieder nach Hause", fügte Anna hinzu und erntete einen nachdenklichen Blick von Thomo, den Lukas nicht deuten konnte.

„Nein!", sagte Kirimba so bestimmt, dass Lukas sich fast ein bisschen erschreckte. „Das ist nicht der Plan!"

„Was meinst du?"

„Ihr habt gesehen, was passiert. Ich weiß, ihr seid nicht direkt an allem schuld, aber mit euren Leuten hat hier alles angefangen. Deswegen geht die Insel unter."

Lukas, Anna, Sara, Lisa, Finn und Thomo schauten einander fragend an. Surena stützte ihre Mutter, die sich mühsam erhob. Das Erdbeben hatte irgendetwas bei der Königin verändert. Sie wirkte unsicher.

„Was sollen wir tun?", fragte Thomo schließlich.

„Uns helfen", antwortete Kirimba.

„Gibt es denn noch Hoffnung?", fragte Lukas, der an die Prophezeiung auf Störtebekers Grab denken musste.

„Zusammen gibt es immer Hoffnung", antwortete Kirimba leise, und seine Worte, genau wie die Frage, was denn auf dieser Insel nun der größte Schatz aller Zeiten sein sollte, hallten noch lange in Lukas Kopf wider, als sie sich durch den Dschungel nach Norden durchkämpften, wo Libera lag. Die Stadt, in der sie schon erwartet wurden …

– Ende –

André F. Nebe
Band 1
Spuk auf der Ostsee
Biber & Butzemann

André F. Nebe
Der Fluch des schwarzen Korsaren
Biber & Butzemann

André F. Nebe
Das geheime Schiff
Biber & Butzemann

Sagenhafte Ferien auf
Usedom
Lilly, Nikolas und das Geheimnis der versunkenen Stadt
Steffi Bieber-Geske / Kerstin Groeper
Illustrationen von Sabrina Pohle
Biber & Butzemann

Neue Abenteuer auf Rügen
Lilly, Nikolas und das Kranichei
Steffi Bieber-Geske
Biber & Butzemann

Steffi Bieber-Geske | Stephan Pohl
Schatzsuche auf Hiddensee
Lilly, Nikolas und das Gold des Meeres
Biber & Butzemann

Steffi Bieber-Geske | Sabrina Pohle
Abenteuer an der Mecklenburgischen Ostsee
Lilly, Nikolas und das Geheimnis des Buddelschiffs
Biber & Butzemann

Steffi Bieber-Geske / Kerstin Groeper
Abenteuer auf Fischland-Darß-Zingst
Lilly, Nikolas und die Seenotretter
Biber & Butzemann

Daniela Geppe
Biber Paul auf Reisen
Rostock-Warnemünde

ABENTEUER AN DER MÜRITZ
BETRETEN VERBOTEN
Lilly, Nikolas und die verbotene Insel
Kerstin Groeper
Biber & Butzemann

Steffi Bieber-Geske
SCHATZSUCHE IN BERLIN UND BRANDENBURG
Illustrationen von Sabrina Pohle
LILLY, NIKOLAS UND DAS GEHEIMNIS DES WELTREISENDEN
Biber & Butzemann

ABENTEUER IM SPREEWALD
Steffi Bieber-Geske / Nicole Grom
LILLY, NIKOLAS UND DAS GEHEIMNISVOLLE TAGEBUCH
Mit Illustrationen von Claudia Meinicke
Biber & Butzemann

ABENTEUER RUND UM DRESDEN UND DAS ELBSANDSTEINGEBIRGE
Lilly, Nikolas und die Schätze der Könige
Juliane Jacobsen
Mit Illustrationen von Sabrina Pohle
Biber & Butzemann

ABENTEUER IM ERZGEBIRGE
Lilly und Nikolas im Weihnachtsland
Elisabeth Schieferdecker und Steffi Bieber-Geske
Mit Illustrationen von Sabrina Pohle
Biber & Butzemann

ABENTEUER IN DER OBERLAUSITZ
Judith Schreiter
LILLY, NIKOLAS UND DIE GEHEIMNISVOLLEN FREMDEN
Biber & Butzemann

SCHATZSUCHE ZWISCHEN SAALE UND UNSTRUT
Mit Illustrationen von Sabrina Pohle
Jörg F. Nowack
Biber & Butzemann

Steffi Bieber-Geske | Sabrina Pohle
Zauberhafte Ferien im Harz
Lilly, Nikolas und die Hexen
Biber & Butzemann

Daniela Gappa
BIBER PAUL auf Reisen
Harz
Ein Reiseführer für Kinder
Biber & Butzemann

ABENTEUER ZWISCHEN KYFFHÄUSER UND WESTHARZ
Lilly und Nikolas auf den Spuren der ersten deutschen Herrscher
Jörg F. Nowack
Biber & Butzemann

DAS KLEINE GESPENST
VINCENT ENTDECKT THÜRINGEN
Anja Tettenborn
Biber & Butzemann

Anja Tettenborn
DAS KLEINE GESPENST
VINCENT ENTDECKT DIE RHÖN
Biber & Butzemann

Elisabeth Schieferdecker
Das Geheimnis der Raubritterburg

SANDRA LEHMANN
MATTI UND MAX
ABENTEUER AUF KRETA
Biber & Butzemann

SANDRA LEHMANN
MATTI UND MAX
ABENTEUER IN NEW YORK

SANDRA LEHMANN
MATTI UND MAX
ABENTEUER IN BERLIN
Biber & Butzemann

SANDRA LEHMANN
MATTI UND MAX
ABENTEUER IN PARIS
Biber & Butzemann

Silke Böttcher
DAS ERBE DES ALCHEMISTEN
ABENTEUER AUF DER PFAUENINSEL
Biber & Butzemann

Kerstin Groeper / Steffi Bieber-Geske
ABENTEUER IN OSTFRIESLAND
LILLY, NIKOLAS UND DIE LIKEDEELER
Mit Illustrationen von Rebecca Salzmann
Biber & Butzemann

ABENTEUER IM OLDENBURGER LAND
LILLY UND NIKOLAS AUF DER SUCHE NACH DEM KLIMASCHATZ
Birgit Hedemann
Mit Illustrationen von Claudia Meinicke
Biber & Butzemann

ABENTEUER AUF NORDERNEY
MIT JUIST UND LANGEOOG
Lilly, Nikolas und die Flaschenpost
Monika Wolf
Illustrationen von Sabrina Pohle
Biber & Butzemann

Luisa Hartmann
Ziemlich beste Ferien
ABENTEUER AUF SPIEKEROOG
Illustrationen von Sabrina Pohle
Biber & Butzemann

Luisa Hartmann
Ziemlich beste Ferien 2
ABENTEUER AUF LANGEOOG
Illustrationen von Sabrina Pohle
Biber & Butzemann

GEHEIMNIS IM KNIEPSAND
LILLY UND NIKOLAS AUF AMRUM
Andrea Nesseldreher
Biber & Butzemann

ABENTEUER AUF SYLT
Lilly, Nikolas und die Leuchtturm-Detektive
Kerstin Groeper
Illustrationen von Marie Zippel
Biber & Butzemann

Nicole Grom
DAS GEHEIMNIS VON RUNGHOLT
Lilly und Nikolas in Eiderstedt
Mit Dithmarschen, Hooge und Pellworm
Biber & Butzemann

Nicole Grom / Steffi Bieber-Geske
ABENTEUER IM LAND DER WIKINGER
LILLY UND NIKOLAS UNTERWEGS ZWISCHEN SCHLESWIG, KIEL UND FLENSBURG
Mit Illustrationen von Sabrina Pohle
Biber & Butzemann

ABENTEUER ZWISCHEN NORDEIFEL UND AACHEN
Lilly und Nikolas auf der Suche nach dem schwarzen Gold
Miriam Schaps
Illustrationen von Sabrina Pohle
Biber & Butzemann

Miriam Schaps
ABENTEUER IM RUHRGEBIET
LILLY, NIKOLAS UND DAS BERGMANNS-TAGEBUCH
Biber & Butzemann

ABENTEUER AM TEUTOBURGER WALD
LILLY UND NIKOLAS AUF DER SUCHE NACH DEN VERFLIXTEN WÖRTERN
Miriam Schaps
Illustrationen von Sabrina Pohle
Biber & Butzemann

Solveig Ariane Prusko
SCHERBEN-RÄTSEL UND DER MANN AUS DER VERGANGENHEIT
LILLY UND NIKOLAS IM WESTERWALD
Biber & Butzemann

MÄUSEJAGD IN DER PFALZ
LILLY, NIKOLAS UND DIE VERSCHWUNDENEN BRONZENAGER
Carola Jürchott
Biber & Butzemann

Andrea Nesseldreher
Mit Illustrationen von Sabrina Pohle
DIE KRONE DER LORELEY
LILLY UND NIKOLAS IM MITTELRHEINTAL
Biber & Butzemann

Andrea Nesseldreher
FILMREIFE FERIEN AN DER LAHN
LILLY UND NIKOLAS IN MITTELHESSEN
Biber & Butzemann

Marsha Kömpel
ABENTEUER ZWISCHEN TAUNUS UND WETTERAU
LILLY, NIKOLAS UND DER KRACHENBURG-SCHATZ
Biber & Butzemann

ABENTEUER IN DER VULKANEIFEL
LILLY, NIKOLAS UND DAS VERSCHWUNDENE MANUSKRIPT
Miriam Schaps
Biber & Butzemann

Zahlreiche weitere Kinderbücher finden Sie unter www.biber-butzemann.de.

Die Küstenwölfe kommen wieder in:

Kampf um die geheime Insel

Der Autor

Die Illustratorin

André F. Nebe wurde in Berlin geboren, absolvierte ein Jura-Studium an der Humboldt-Universität und ein Regiestudium an der Universität Hamburg. Seit 1997 ist er als Regisseur und Autor in der Filmbranche tätig (u. a. „Das große Rennen").
Von 2010 bis 2013 schrieb er für die erfolgreiche ZDF-Serie Löwenzahn. Seitdem hat er Drehbücher für diverse Kinderfilme verfasst und war Autor und Realisator der SWR-Kinderserie motzgurke.tv. Seine Kinderbuchreihe „Die Geisterreiter" ist 2012/2013 im Baumhaus-Verlag erschienen. Nun schickt er bei Biber & Butzemann „Die Küstenwölfe" von einem Abenteuer ins nächste. André F. Nebe lebt und arbeitet in Berlin.

Sabrina Pohle, Jahrgang 1984, entdeckte in ihrer frühen Jugend ihr Interesse am Zeichnen, aus dem sich über die Jahre eine Leidenschaft für Illustration und sequenzielle Kunst entwickelte. Sie experimentierte zunächst viel mit traditionellen Maltechniken und Materialien wie Aquarell, Kohle und Pastellkreiden. Seit einiger Zeit nutzt die Mutter eines Sohnes auch digitale Medien, um ihre Werke zu erstellen. Die studierte Japanologin arbeitet als freiberufliche Illustratorin in Hamburg und hat bereits zahlreiche Kinderbücher illustriert.

10°
Flensburg
Fehmarn
Kiel
Poel
54°
Lübeck
Wisma
Hamburg
10°